U0462589

凡尘留梦

范国山——著

海峡出版发行集团 | 海峡文艺出版社

图书在版编目(CIP)数据

凡尘留梦/范国山著. —福州:海峡文艺出版社,
2023.10
ISBN 978-7-5550-3507-7

Ⅰ.①凡… Ⅱ.①范… Ⅲ.①诗集－中国－
当代②散文集－中国－当代 Ⅳ.①I217.2

中国国家版本馆 CIP 数据核字(2023)第 192655 号

凡尘留梦

范国山 著

出 版 人	林 滨	
责任编辑	余明建	
出版发行	海峡文艺出版社	
经 销	福建新华发行(集团)有限责任公司	
社 址	福州市东水路 76 号 14 层	
发 行 部	0591－87536797	
印 刷	福州万紫千红印刷有限公司	
地 址	福建省福州市闽侯县南屿镇高岐村安里 6 号	
开 本	787 毫米×1092 毫米 1/16	
字 数	240 千字	
印 张	28	
版 次	2023 年 10 月第 1 版	
印 次	2023 年 10 月第 1 次印刷	
书 号	ISBN 978-7-5550-3507-7	
定 价	58.00 元	

如发现印装质量问题,请寄承印厂调换

自　序

盘点人生，碌碌无为，一生平淡，主要功绩：无。如果说人生是一次考场，每人都必须答一张卷子，那我现在基本可以交卷，只等着铃声，至于成绩，任由他人评定。自觉对社会索取得多，奉献得少，心中有愧。崇尚简朴，心存感恩。引为自豪的是牵成两桩和谐美满婚姻，聊以自慰的是培养一个还算优秀女儿。在人生舞台上，归于歪瓜裂枣类，属于闲杂人等，自觉有点形秽，撑不起大场面，大都是跑龙套饰配角的那种。朋友聚会基本有呼即凑，经常蹭饭的多，买单的少。与人相处，心存善念，与景相融，随遇而安，顺其自然。朱自清先生说"我爱群居，更爱独处"，颇有同感，自觉独处时更无拘无束，可呆可笑，有趣有味。常叹人生短暂个体渺小，一般人生活都不容易，不必太较真，在社会历史长河中，不过瞬间而已，宛若大漠中的一粒沙，海洋中的一滴水，空气中的一点尘埃。生死有命，年过八十，随死可矣，若有人暗杀，正中下怀，我会尽力配合，绝不还手。

那天无意间拉开抽屉，一堆蒙尘的稿件，忽然映入眼帘，它们静静地躲在角落里，似乎在哭泣，又像是在诉说一个遥远的故事：一个老农民，想在有生之年做一件自认为有点意义的事，可又不知道从何处入手。有次从自家的柴禾堆前走过，突然发现几根硬木头，他想，要是把它们烧掉，最多只能煮熟一锅稀粥，徒增一铲灰烬。如果放任时光消磨，也只会奢成白蚁一窝，尘渣几抹，多少觉得又有点可惜。于是弯下腰把它们拢集在一起，又从老屋墙角搬来一堆砖瓦，几块顽石。有木有石有砖瓦，老农想应该搭一间遮阳挡雨的凉亭比较合适。风雨亭一旦建成，不求宏伟，无须壮观，只要能供人纳凉歇脚聊天，便足矣。

转眼间，几十年过去了，感觉人生还没谋划好，就快要谢幕，仿佛像是一场梦。那堆岁月尘积起来的情怀，一任时光撕磨，成泥成污流，随风飘逝，心又有些不甘。错过了骄阳，只好趁着太阳尚未落山时赶紧把过冬压箱的棉袄取出来抖一抖晒一晒。从老农的故事里得到启发，于是，拿出曾经的热情，揉进生活中的沧桑，把过往的一些鸡毛蒜皮的闲事趣闻，逝去的青春，还有无病呻吟时的胡言乱语等等收集一起，滤去残渣，加点辛味佐料，熬成麻辣烫，算是给自己短暂的人生一个交代，给平淡的生活抹一点粉面，徒增一层虚无的荣光，以及不给余生残留一些遗憾，不负时光，不负韶华。

如此而已。

❖ 目 录 ❖

第一辑 忧思的韵律

第二辑　悠闲时光

第三辑 自言自语

第四辑 无味斋笔记

第一辑　忧思的韵律

茫　然

看到雕塑

我明白那是深刻

可深刻告诉我

那是磨炼

困惑于磨炼面前

我宛若一尊雕塑

落　叶

那纷纷飘坠的
个个都是勇猛的英灵
在这归隐的路上
正好赶上冬眠的季候

曾经创造一个灿烂的世界
在那蓬勃的年代
赫赫的功勋
迎来羡慕者的多少垂青

也许此睡不醒
也许此行将是永别
但愿化作肥沃的一把
滋养襁褓中的嫩芽

盆景的壮语

大概是因为弱小
才成为人们的玩偶
这世道——
真不公平

要是将来长大了
能否重新站位
让那些短浅的目光
抬头仰望

寻找生命的痕迹

像捡拾一个失落久远的梦

似执行一个神圣的使命

为了捕捉一段奇迹

我巡视大地的怀抱

终于

在土堆里

跳出一截收获

沉沉的

似木，如石

像是生命的注释

我捡到了化石

一节千古的谜底

忐　忑

悬

悬的是我的命运

系在峥嵘的峭壁上沉浮

只怕狂风一阵

就会变形，脱成

一个彩球，向上浮

或者破灭

一处无迹的伤痕

我害怕飘逸

不着边际

任意东西

我畏惧粉碎

那不堪忍睹的一幕

与崖岩撞击成隆隆的鸣响

僵硬的残骸

倒悬于空中

再也尝不了这苦辣

辛酸

还有难言的剧痛

哦，不敢揉醒惺忪的眼睛
睥睨这世界
也不敢掏空堵塞的耳管
聆听生活的颤音
那么请来一次爆裂吧
让世界重新塑造
在这剧烈的震荡中
派生出另一个灵魂

生　日

我早已记不清自己的确切年龄
也数不清粗硬的胡须几千
日月周旋
一切反复着单调

敲开生命之门
查寻阴森的人史档案
在那苍白的岁月角落
歪斜着一个汗涔涔的生命

没有南柯酣睡时的美梦
也不存垂涎天鹅肉的强烈欲念
唯愿在历史的帙卷上
以人的身份
逗点一个喘息的场所

秋之邀

苍茫的岁月如影随形
秋天的缠绵裹住了天心
与你交错成纵横
一网多情的完整

不要疑心它宽敞的胸襟
不要避开它多痕的伤迹
当你举目遍野的景
当你窥探多皱的心

每一阵轻风都是你温柔的爱抚
每一丝颤音都是你悱恻的绵语
只有你才能切脉它搏动的经络
只有你才能破译这季节的秘密

请你收拢翘待的视线
敞开如潮的情扉
一个与你一起扮演的哑剧
即将悄悄拉开序幕

人与时间

走在时间前面的是人
被摔在时间后面的也是人
人，时间
一切活动着的生命
相互之间总要争一下高低

钟表恪守着真实
它从不轻易地说谎
除非是错乱了神经
被人肆忌地玩弄

钟表和时间构不成等式
时间和人分不出先后
人，钟表和时间
总是不能达成一种永恒的和谐

捡 梦

撞在 1989 年 12 月 8 日的日历上
我的心比什么时候都躁动
我只顾捕捉，只顾重温
那一片片失落的梦的残破

追忆是一座随时都可跨越的桥梁
桥的两端横斜着苦涩和甘甜
蹑着心缓缓走过
旋即感到一次从未有过的沉甸

那喁喁私语的篁竹
依然摆弄腰肢径自逍遥
痴醉的是我踯躅的步履
还忘情在那依稀的踪迹里

山水如故
风景依旧
起伏的是捡梦者的思绪
那一件件伤心的标记
早已凝结成一声

沉沉的叹息

四月是个动情的季节
无奈已风化为一个遥远的记忆
带着仲冬的冷峻与零落
终归成不了一种缠绵的气候

走出了斑驳的香蕉林
我以为比任何时候都冷静
没有欲望，没有奢求
只想作一番彻底的反刍

幼儿园

走近幼儿园
我感觉到自己的存在
走进幼儿园
我感觉不到自己的存在
走出幼儿园
我失去了感觉

落　秋

那零零落落的飘坠
仿佛是一串残断的梦
经过岁月的颠簸
终于疼痛地分娩出
苦涩一把
纷扬一串

受不住秋的诱惑
毅然地加入了归的行列
在对生命作完交待之后
就利索地进行了最后一次谢幕
没有仪式和场面的潇洒与尊严

有必要再来一次循环么

爱的悲歌

永是不同平面上两条无法相交的曲线

旖旎的目光
总在眼睑不停地跳荡
那丰腴的笑靥
早已深深地沁入了肌肤

如痴如醉是你美的扮饰
如火如荼是你笑的奉献
木然地站立在你风景的面前
我激动得战栗不已

难以破译你爱的密码
无法疏通你情的经络
紊乱的只是我难言的思绪
随着你微妙的支撑
一任迷惑
一任沉沦

即便我俩接触得没有交点
可是我仍然
仍然把你当作永恒的形象
加以寄托

梦的季节

不敢向你荡漾

我心中的澎湃

微弱的涟漪

难以满足你心中的大海

不是因为怯懦

是梦委屈了我躁动的心

到了揉醒惺忪睡眼的那一天

我会彻底地裸露在你婆娑的面前

梦有梦的期限

一旦成熟就会坠落

只有在你情网兜里

才会孕育出辉煌

请你耐心地编织

等待我季节的到来

怅 惘

当枫叶飘成另一个季节时
我再一次向你走来
带着满腔的失落
与遗弃的孤寂

往事依稀迷离
偶然的邂逅
系结一段难忘的情缘
不同的经历相同的感受
朦胧中我已领悟到默契与投机

对于丰富的美的你
我依然心往神驰
贫乏的奢求
注定不能激荡涟漪

你不必解释，无须说明
我不会探究
只渴望在似断似续的情愫里
保持一段如水如酒的回忆

梦的小屋

撩不开那一段如慕如泣的缠绵
数不清那一串似深似浅的足迹
漂泊的心
依然找不到一个歇息的驿站
艰难的历程
一直在脚下延伸

如今我仍然驮着沉重
数着坎坷
默默地向前跋涉
梦未圆满情未却
小屋仍然憧憬着

探　春

那茫茫弥漫视野的
冬天孕育的硕果
一颗即将萌发的心
一段腊月里动人的故事

昏黄的灯火闪闪烁烁
似在诉说梦里消息
明年的收获季节
大概会是另一番模样

盲 点

一个彩色的生命
悄悄地诞生了
在白墙与绿瓦之间
没有蜂蝶蹁跹
没有金色的童年
只为了一个执着的信念
一个抱定已久的宗旨
奇迹也可出现

几朵激动人心的灿烂
展示了辉煌的生命
瞬间的把握
定格成一幅美丽的永恒

没有宣传的奢想
失去表达的欲念
静默得如同头上的星辰
如同脚下的几抹尘土

依旧拥抱阳光

依旧沐浴朝露

一个困惑已久的命题已被揭示

存在就是证明

一阵风雨一阵秋

潇洒地挥手潇洒地告别

毕竟已完成了一次飞跃

生命的词典里也多了一条注释

期　待

一排深浅不一的栏栅
围住了一方圣洁
以及一份沁人的芳香
是美
再次荡漾了我沉寂的心
一个童话般的故事
已经悄悄地拉开了序幕
简单的几个情节
就足以让人思念
那紧闭的窗牖
深锁的心扉
还有七彩的梦幻
仍然充满迷人的魅力

叶落于春

错过了一个苍老的季节
自然又延伸了一丝活的希冀
于是重新体验
翠郁的旋律
青春的梦幻

岁月无情
在不该逝去的日子里逝去了
于是季节又多了一缕阴影
多愁的心也徒增一阵悲凉的叹息

在蓬勃的气息里
我猛然醒悟
即便是再普遍的规律
也有一个意外
春天里叶的存在与覆灭
便是一个铁的证明

三月风

我无法告诉你我的追求
既然选择了
就要百折不挠
我无法告诉你我的去向
既然抛弃了
就要义无反顾

冲撞在理性与感觉的残垣上
我不得不重新作一番判断
生于旦暮
死于瞬息
形象宛若一朵飘荡的云彩
我早已把自己的生命
交给了季节
即便脚下是一片肥沃的泥土
也激不起我复活的兴奋

三月的形状无须证明
有我的情绪
也有你的风流

三月的情怀满街
有我的希望
也有你的寄托

焚　诗

柴干焰烈

投入诗笺

我的感情灿烂如火

千烧万烤

凝望诗骸

我的感情黯然似烬

忽然一阵轻风走过

我的感情随之升腾

爱　心

遗言拟就了

我和命运签订了新的契约

我早已把自己的生命连同附属的一切

束之高阁

即便化为沃土一把

我也会欣然接受

假如还有来生

我决不去选择

哪怕是虫鱼鸟兽

哪怕是绿色的一丁半点

只要充满爱心

不管是同类或异族

便是无愧于一生

即便如永恒的化石

或如瞬息的游灵

无　题

那一株垂柳

那一段缠绵的诗句

像是从唐宋诗词里漂游出来的魂灵

欲与我共起舞

水榭里的璀璨故事

仿佛是宝黛的浪漫传说

摘一节献给你

风情不减

湖中的精灵

如跳动的音符

在爱的池塘里自由舒展

微微的柔波荡漾

在你的心中陶醉一半

在我的心中陶醉一半

悔 忆

在那个动情的季节
我们走进了风景
不用介绍
无须表白
自然的妩媚自然的流露
纯朴的气息纯朴的吐吸
走马观花影零乱
捕捉不了情韵律
留一份怅惘作思念
留一份诱惑作我日后的追寻

一个美丽的谎言
怂恿了我迟疑的抉择
从此定格
我一生无法挽回的缺憾
有缘无份
再次邂逅竟成路人
疚愧个中的究竟
你我共设的谜题

云里雾里常思忆
我不得不走出自己的困忧
遗憾的是一段小小的插曲
没能奏成一曲动人的歌谣

还有那重沉闷的阴霾
不知何时能随东逝的流水

凡尘留梦

信　念

不知是哪一根激越的神经
诱惑我走进一片待垦的处地
一路纯情一路慷慨
沉寂回答了我无谓的殷勤
颗粒无收
可我依旧执着仍然无悔
在痴心与怅惘的交集里
我对行为做出动人的注释

腐烂成泥
但我不会放弃再次的播植
只要春风还在陶醉
只要种子还吐鲜嫩的绿
在感情的雨季里
我不容片刻的迟疑

拖　鞋

一拖，二拖，三拖
拖出一串轻松的脚步
悦耳的节奏
化为潇洒的音符

淌过小溪
体味每一滴水的清涤
走过沙滩
感受每一粒沙的抚慰
踏过原野
回想每一株草的温存

切肤的信念
一往情深
那风雨天地
那冷暖人间

既然走出了喧嚣
就不再跻身红灯绿酒
敢于展示赤裸的本性
就不去理会身前背后的评说

只要不在乎自己的形象
人生自会逍遥

村中独居老人

颤动的是他们波纹的松肌
抽搐的是他们梦魇的惊悸

风吹雨打水飘零
黑发早已风化成冬日苍茫的草原
噙在深邃里的浊流
可以滴成一江黄河水

黄土高坡上的沟壑
一夜之间变翻了脸
纵横交错
冲积成神州发达的通衢

稀疏的牙
古老得像溶洞里的钟乳石
咬过多少辛酸
含下多少苦难

一圈圈的吞吐
弥漫出大漠孤烟

叹息了五千年
至今还有回音

一部民族漫长的历史
居然缩成了这样的一幅画面
视线模糊了
我分不清是酸是涩

寻　真

走过万水千山

问过湖边春色

口干舌燥心茫然

路途迢遥

就在那回眸的一刻

忽然发觉

你的神情含在花心

你的倩影是柳姿动人的说明

曾在灵中索骥

也在梦里印记

朦胧的你似

　　　一串玲珑的字眼

　　　一段珠玑的文句

聪慧而狡黠的你哟

总是把娉婷的形象

融入微曦

让我作一次又一次无奈的痴求

请你给我距离

心与心之间的最佳尺度
应是两条平行线
相交的缘由
近半始于孤寂和无奈

从你的身上
我隐约看到
不仅是你的惰性
还有我丑陋的德行

生活划出了你的空间
也规定了我活动的范围
情的可贵
谊的恳切
也许不在于怎样亲近
更多的还在于怎样疏远

你有痴我有癖
豪猪取暖尚有分寸
何况你我

天马行空

一路风尘仆仆

旅途何长

当你回厩的时候

我已套缰而去

噙着无奈

去行使一次四蹄动物的使命

挡不住缰索的诱惑

嘶不出受驭的缘由

身不由己

是飞奔的原素

有时压迫才更显示出风情

只是岔口未到

缘分未尽

伤心总是徘徊在停蹄的时候

但愿你能随那飞扬的风沙

再伴我一段路程

果的祈求

我愿是树枝末梢上一枚青涩的果
风来助我一把逍遥
雨来湿我一身滋润
有绿叶做我的蔽荫
有燕莺吟唱火红的诗句
还有光的抚慰
露的渗透

我不愿让人随意采摘
任意抛弃
那脱离源体的阵痛
交织着爱与生的苦恼
我厌恶让人含在嘴里
嚼我一生的酸甜
贪婪的垂涎
伸长至坟茔

成熟意味着坠落
意味着一个灿烂时代的毁灭
要是没有复活的希冀

岂不灭寂永远

是谁把我结在树梢
给我一个玲珑的透彻
是谁主宰着我生死的命运
存亡的轮回

我愿以诱惑的姿式
树立饥渴寄托的形象

凡尘留梦

随　缘

给我一缕情愫

我就谱写一首缠绵的心曲

给我一峰崎岖

我就踩出一条坎坷的道路

给我一堆瓦砾

我就组成一段破碎的人生

我愿以心的宽广

去容纳生活的辛酸

我愿以海的博大

去接受命运的磨难

我愿以自己的全部生命与激情

去拥抱世间的种种诱惑

理　想

是真
就应有一腔纯真的心情
是善
就应有一段至善的心肠
是美
就应有一种审美的心态
是爱
就应有一片珍爱的心域

倘若真与善交融
美与爱和谐
那么人生的境界
也就是天堂的边沿

奢　望

平静的心湖
荡漾不出激动的涟漪
压抑的性情
构筑不出撩人的诗句
禁锢太久了
就有可能爆裂

多么渴望
在爱的区域里
划出一份潇洒
拓展另一种风流
在情的空间里
分割一方圣洁
完整另一种美丽

占有也是过错
只要你我
随时感到各自的存在
那么即便在感情的枯季里
也会绚烂多彩

遗　憾

为什么你要告知我你的行期
旅程还未逼近
景色依旧
情节仍然动人

我的期待失落在八月的怀抱
可木棉还没有开花
我并不奢望沉甸甸的果
只想保存一分激动
几分痴迷

既然未芳先尽
就让我作一次灿烂的回想
感情的纸
布满了许多迷人的开端
驰骋手中沉重的笔
那一节故事至今还没有结局

火热的季节即将消褪
我的感觉如秋

不知日后的天气
是晴是雨

弃　婴

我不知道为什么会有我，有你
冥冥昏昏
难道这就是人的社会
难道这就是我生存的土地

活没有能力
死不能如愿
悬在生死的半空
日夜颤动梦魇的惊悸
这样的人生
我不稀罕

生存有生存的轨迹
死亡有死亡的图像
既然得不到摇篮曲
那么索性给我一片棺材吧
这样的生活
我不留恋

出世为何不能让我作一番选择
死亡为何也不能开一闪绿灯
谁能负起生的责任
谁又能判定我死亡的归期

生于旦
死于夕
待来世选好时机
另来一次湿润的轮回

无　奈

那一天你怅然而至
隐约着蜜月后的悲哀
你那无声的呐喊
憔悴的神情
缘着视线刹那间传给了我
一阵怅惘
一阵感慨
我无奈得如同一尊雕塑

默默地注视
你依旧十二分动人
注定不能开花
注定没有璀璨的果

别离的时候
仍然是一腔脉脉的情怀
直到了你家门口
还想再送你一程

表　白

沉睡了几个世纪
皑皑的冰川仍未消失
千年的玉壶
一任寒气缭绕

我所期望的不是瞬间的闪烁
不是表层的湿润
要么融化成澎湃
要么凝冻如铁

季节开始入眠
我几乎没有精力再去选择
既然不能给我一钵炭火
那就索性给我一窟冰窖
乍热还冷的时节
最是令人不能煎熬

超　度

面对天宇
极力模拟自己
翻来覆去
始终圆不了固有的感觉

摸索了上千年
仍然找不到运行的轨迹
沉醉吧
末日还未来临

一道耀眼的光芒
划出了一条通天的道路
冲出樊篱
与日月并行

蓦然回首
世界原是球体

沙　堆

无缘到达沙漠
于是索性走近沙堆
我在感受沙子暴戾的性格

如果沙堆扩大成漠
如果身躯缩小成微
那么我就有一种征服的冲动

既然不能堆成风景
去诱惑旅人的心
那么就让它混成凝土
撑起一角天地

回　归

赞颂没有赞颂的主题
悲哀没有悲哀的对象

遁入山涧
我和草木站在一起
以绿色的身份
等待洗礼

清流淙淙
似在诉说一段遥远的故事
缘溪索古
没有发现任何足迹
源头
一截腐烂的笔

暮色苍茫
我迷失了路

向　阳

（一）

记不清是哪年哪月哪日
爱神又一次萦绕心田
灿烂的情丝
编织了许多锦绣的梦
从此
我的感觉渐渐幻化成
伊甸园里一个迷人的故事

风吹雨打日侵蚀
故事的色彩消褪了不少
几千年的颠沛流离
我几乎不相信可靠的港湾
而那如波的血
如潮的情
仍然无法驯服

雨后的晨曦
引我走向初秋

那第一缕耀眼的光

逼得我激动与惊喜

掬之于手

醉之于心

昏迷使我无法正视

那不仅需要一个适应的过程

还得有足够的勇气和信心

（二）

渴慕已久的信仰

终于化作一场黄昏雨

龟裂的山坳

迸出了压抑的回音

云散雾霁

暮霭倾泻

摇落晶莹一串串

滴成韵律一声声

一曲千古的绝唱

就这样一直飘向云霄

沉醉许久了

醒期还未逼近

我的感觉如絮

西边日隐东边月

不知哪一抹是你的倩影

哪一缕是我的思念

（三）

霪雨霏霏
丝丝入骨
不知你隐遁多久
不知你遗落何方

缠绵的天气
浇出几缕寂寞的心情
自然的节奏无法抗衡
可是
为什么在晴朗的时候
你还要遮掩自己的面目
不仅仅是因为云
不仅仅是因为雨

无奈不能御风而行
不能追随夸父探个究竟
一旦失却了寄托的形象
我就会再一次陷入迷惘

（四）

从梦里走来
渴望耀眼你的风采
无奈云遮雾绕
你的神情裹在天心
于是挥起手中的利刃

斩断仙界的缠绵

拓展一方皎洁

期待几缕光芒

午后乌云密布

似有大任降临

我还没有过滤相见的情节

也未去撩拨黑斑

你却紊乱了运行的轨迹

隐遁自己的踪影

一曲酝酿已久的颂歌

就这样扼杀在黄昏之后

从此一错再错

眼前又是一片黑暗

（五）

踱到井沿看天

无奈明亮刺痛我的眼

扭转视线

窥探井里的另一个世界

幻影迷离

极力捞起失落的魂灵

就在我凝神之际

却一下栽到了井底

从此，我对天的感觉
只有巴掌般大小
从此，我对光明
也不怎么稀罕

（六）

一次大潮把抛向天空
绕着夜沿我摸索了很久
茫茫夜空
我一次又一次昏眩不醒

遥远的闪烁
终究不是我追逐的图腾
脱离源体的悲哀
生命注定不再澎湃

从黄昏到黎明
我一直不能自已
耕耘的半片人生
盼望的只是那一瞬间

（七）

你为什么要躲避我的视线
独自沉沦西天
当我打着灯笼寻觅
却找不到你的行迹

天上的街灯

可否有你的附注

浩渺的闪烁

迷乱了我的眼睛

不知天堂的哪一扇窗口

是你璀璨的说明

不在嫦娥的闺阁

也不是启明的那颗

夸父的传说依然新鲜

只是敲钟人死了很久

看来此生无缘追随

只好把你留在梦中

（八）

总是在夜深人静时

收缩一些游离的感觉

澄清思虑

为你镶上五彩的花边

自从送走最后的一抹余晖

我就着眼于遥远的闪烁

从茫茫的太空中

打听一点你归隐的消息

当风雨阻挡视线

我就对着摇曳的烛光

剪一串跳动的火苗

燃烧一堆不眠的记忆

我的向往已经走出了夜沿
为了一个执着的信念
丝毫不顾跌倒的瞬间
成不成一帧风景

（九）

西边的山坳还未染成黛色
你就匆忙地遁入云层
把你在我心目中的位置
随意让出
我不知道你的苦心
能培育出多少神话
对于一个孤独的行人
再美的星辰
也支撑不了世界

今夜的湿度很浓
裹紧思绪仍怕着凉
最令我忧虑的是
那一组生命的颂歌
会不会受潮

（十）

夜色苍茫
我的思绪落入银河

想起你背影的时候
并非与雨的命题有关

不知有多少人
吟唱你缤纷的岁月
可是又有谁关切你黯淡的时期
最贴近的
有时却是最远的距离
挥一把汗水
才可知悉全部秘密

我的世界没有终点
即便抬起头来
也说明不了什么

（十一）

泅过寒江
熬扁冷月
日子终于吐露出一丝血气
蓬勃向上
给大地涂抹一层红晕
染熟心中的渴盼

你的闪烁点燃了我的双眸
积淀千年的腾图
封尘的岁月启封了
一个可供翻晒的场所

喜悦的心情

写满季节

你丰富的面部表情

始终牵挂着驿动者的心

唯一不被蒸发的

是那不曲的精魂

风雨兼程

最难把握自己的阴影

每一次裂变

都让人震憾不已

新世纪的曙光

连接着每一根活跃的神经

纵横交错

一组生命的赞歌

徒　劳

赤着脚漂泊自己
于踪影处寻失落
小心翼翼
可到处是流浪的痕迹

立地成林
又怕被伐的悲哀
滴水成泉
清心成性
可就是流成河海
也会有舟楫倾覆

趁着夜色返回
无奈门窗紧闭
苔藓满室
原来一走就是一个世纪

命　运

（一）

命中注定要与这块土地连在一起
用你质朴的禀性
用我艰辛的汗水
浇灌一片丰硕的明天

茅舍，水牛和庄稼
是我们耕耘的主题
伤残的树木
断臂的蓑草
是我们共同的命运
那片飘忽的乌云
行踪诡秘
不知何时能得到它的滋泽
不知何处是它永恒的归宿

灾情虽已过去
可我心中仍有余悸

（二）

握着昆仑
蘸着长江
写不完的象形文字
可歌可泣

一道耀眼
划向太空
那一绺镶边的天象
正是先祖崇尚的图腾

苍穹茫茫
华盖的印迹有些模糊
耗尽光热的余颜
显得格外疲惫
失去辉耀
殒落是难逃的命运

让我们化作一滴长江
一点昆仑
用鲜红与质地
重演历史

秋　野

毅然地把日子锁进抽屉
连同我对夏天的感觉
沉在桌上
凝视窗外灿烂的景致

田野里的稻谷
随着风姿独自逍遥
金石般的碰撞
叮当出悦耳的和鸣
芋垄上，残枝败叶惑人眼
底下孵育着惊诧的沉重
果园里，千绿丛中万点红
偕力驮起辉煌

我忍不住冲出门外
走到了地的心中

怅 惘

你为什么要揭示那神秘的面纱
让我看个究竟
你为什么要告诉我你缰他人牵
让我怅然悲鸣
除了真我还能容纳
除了那份激动与惊喜
我容纳再多也失去了意义
即便日后匆匆一瞥
也只能化为淡然的笑声
那种最迷人的神韵
大概会随着悠扬的琴声
飘移到心灵深处
最后离别的滋味
岂止是苦辣酸甜

相　融

勇者的形象是向前
要是不回首不拐弯
不扭曲自己
就得碰壁
待你鼻青脸肿
才会黯然叹息

扫除不了龌龊
就绕开逃避
深陷其中难净化
当你沐浴归来
羽化成仙

告别了天真的年龄
就得接受真善美以外的东西
没有虚假的衬托
真实也会陷入迷途

去向何方

意境还是朦胧
可我始终踱不出自己的季节
越过了黑土地
再也找不到通天的路途

告别了春夏
从此就告别了一段绿色的缠绵
秋的本性已不再神秘
可冬巢至今还没有明确的方位

既然是一曲无言的歌
就让它涤荡心际
既然是一首无字的诗
就让它继续幻化幽深的境界
唯愿你能灿烂如初
让我又一次吟哦

赶　海

走出家园

我就抛弃了所有的行囊

毅然地选择飘荡

一任无舵的航行

颠沛了几千风雨

我几乎跌成一股汹涌的潮水

卷遍天涯

涤荡满腔的向往

一朵奔腾的浪花

夹杂着一簇纷乱的思绪

梦中朝拜的

永远是迢迢的故乡

浪里人追逐的

不仅仅是收获

赶海者的心

从没有一处平静的港湾

伤 琴

飘逸了一度春秋
没想到你会突然哽噎不语
是谁掐住你悦耳的喉管
是谁拨错你活跃的神经
断续的余音
回旋一个浪漫的故事
袅娜的韵律
重复一个久远的传说

黎明前沉寂
哑然一池静谧的秋水
无风无皱
无柔软的波心荡漾
翘首以待
空中飘来一串奇迹

赠菩提

我只有馈赠这过时的积蕴
一叶透明的智慧
如水，如真
网结生活的全部真谛

给你一掌纯洁
滤你一段蹉跎的人生
玲珑的辉映
穿透蒙尘的境界

不想送你红叶一片
系带另一腔热情
那血的渗透
沉浸着万般无奈

世道纷繁
只能以闲者的趣味
咀嚼这清，这淡
这隐约的一叶启示

空月无弦

邀月移情
不管阴晴圆缺
了无痕迹也陶然
月趣常在
闲性谁有

抚琴舒怀
无论抑扬顿挫
弦徽不具亦醺然
琴心难觅
音韵何寻

祝　福

没有序幕和闭幕

没有开端与结束

偌大的舞台

空无一人

天地是场景

信笺是情节

远距离的沟通

生动了一次次交流

日日夜夜月月年

只凭一笺神秘的力量

飘浮天际

幻化一幅美丽的景点

不敢赴约你人生的盛宴

只怕飓风齐心翻动

溅湿你的欢乐

溅湿我的无奈

选择需要代价

一旦定型就难解脱

被爱筛漏的痛楚

无法宽容

沉　默

远航拂晓前
梦破天未醒
海面波平似镜
涟漪沉在心底

送　别

你狡黠的言行
渐渐漫成我手中的画像
聪慧是你的性格
坚毅是你永远的轴脉

认识不在时限
擦身而过又何妨
是璀璨的元素
总有一撮肥沃的土壤

所有的相遇都要分离
何况一曲没有情节的歌
微笑地容纳
坦然地抛弃
聚也陶陶
离也陶陶

邀　情

浪漫的纸墨酝酿情缘
欲艳的苞蕾等待机遇
一个永恒的主题
至今没有丰富的内容

是真趣
就以纯味的身份显示
是美韵
就以自然的姿势展现
或袅娜或娇羞
或是你嫣媚的巧笑一把

不要敛住幽娴
何须隐贮芬芳
闪烁你的生动
让我吟成十二分美丽

遗　落

沉醉严寒

养蓄一个饱满的姿势

等待三月的韵味

那一树的辉煌

春盈梦酣

觉醒已是午后

缘绿罗笼

原野只剩一堆春的痕迹

补缀

始终圆不成动人的风景

忆

那一夜深沉的注视
那几杯甘澈的话语
从此埋下了伏笔
触动四月里一个躁动的主题

趁着月色掏空一些记忆
过滤一网别后的情愫
待来日芳香
陶醉百年

忘形之中忽略了一次点睛的追溯
从此错过了重要的情节
缀补时
人物依稀迷离

很想再次续笔
拉直一串误会的疑点
春天里的故事
开端不该就是结局

要是韵致共鸣
对着夜空可以重奏一曲

凡尘留梦

晤

你的出现恰是冬夜里明媚的花一朵
惊醒了一春消息
陈年的底蕴
已作了一次深层曝释
清洗空蒙一片
剖取透明
意外地发现蠕动
莹莹来自亮光

你的行迹如风
在暮秋里打旋
太阳直逼枝头
我不敢回眸凝视
暮色苍茫
断肠人早已不在天涯

相知不晚

心湖早已澎湃
一舟风雨
或前或后
都有可能错过航行时令

流浪是你的本性
漂泊是我的心情
扬帆动荡
携手驶向宁静与和谐

波纹悠悠
数不尽的几多风流
既有我的情趣
也有你的韵致
心沉湖底
湖映心中

崇　仰

当我第一次看到你时

很想把你写成一句动人的小诗

当我第二次看到你时

还想把你谱成一首迷人的夜曲

当我第三次看到你时

就羞涩手中拙劣的笔

纵然笔会生花

而花哪能与你比拟

即便笔能绘意

可再高明的画家也无法描摹你的质地

我只能把你当成人间的蓬莱

永远美丽在朝拜者的心中

寻找方舟

题目拟就了

可我始终续不了下文

信封束装待发

里面仍然空无一物

我无法把自己连同

没有着落的怅惘邮寄

纵然我强烈的呼唤

没有回音

我仍会痴立地心

等待来自遥远的天籁

沉默是永恒的主题

对着天空我重复过一千次
喑哑之音袅袅
我仍然执着
仍然敞开透明的意识
我不信你能稳如磐石
如我宣泄过后的平静
我不知道自己奢求什么
心如流水可以漫向天际

独立寒秋
爱是生活给我的一份责任
没有选择

你的沉默
是我的全部

没有主题

以空白为主题
以几条简单的平行线为线索
没有标点没有段落
这是我生活的内容

在没有英雄的年代
我只能呼唤自己
在失去自我的意识里
命中注定要走向坟茔
成熟意味着偶像的消失
意味着孤独时代的到来

伴随自己的不只是影子
还有缰索和坎坷的路途
当太阳不能给我留下一片光明时
我不得不离你而去

哪得清如许

你何时能开启那片心牖
让我酝酿
多少次徘徊在你门口
不是铁面孔接待
就是紊乱的思绪
欲罢不能

夜曲只能在夜里表白
而境遇如昼
纵有千古绝唱
沉在心底向谁歌

蓦然回首
仍是万家灯火
不在庐山之中
而在云层之外

在还没有找到那把古老钥匙之前
我将永不停歇

忏悔生命

我不该把手伸向
那一树娉婷
拔下了一丛苍翠
留下几条颤抖的残须

一瓢水来一滴汗
一抹烟灰一片情
苦心复苏不了生动
终究还是化为苍白
从此酿造了我一生中
无法赎清的罪孽

根植于地心的坚定
一旦与我贪婪的欲望相触
不是我败在它的脚下
就是它葬在我的手中

何时才能涤净人间
与绿色融为一体

答　谢

荒芜了再荒芜
岁月遗失在那片沼泽
你的馈赠点燃了我含泪的双眸
春风又释

握着这把希望
播下一片悠情
是心灵的共振
是四季的常青藤

挖掘一个古老的话题
我发现许多意想不到的内容
如你
充盈般神秘

微醺是那不谢的莲香
伴我一程又一程
许下一个愿
放牧天真

拓　荒

抖一扇风
撒一网雨
在离人的路上
我播植一片清明

那一把伤心泪还未枯干
企盼雨的不再是远去的魂灵
要是我的眼泪能够化雨
要是我的哭泣还会发芽
那么在我最悲伤的时候
不要递给一片慰安
让我的泪滴成河流
滴成春天
拓一拓泪痕
就可驻入荒漠

山中有一个梦

带着一身疲倦

投宿山中

夜的怀抱有淙淙流水

辗转清幽

清一清歌喉

你就是一首夜曲

跺一跺脚丫

我就有一组回音

黯淡的云朵很悠闲

似在启示一种风流

眩目的星星是明媚的某个侧面

又像是梦的点缀

今夜的故事很年轻

有你，有我

默默的情怀

不敢在你成型的胚胎上
打上一丝我冲动的烙印
一腔炽热
只能是一湾清澈的水流

烟岚交织
再次显示岁月的荒芜
纵是野外闪烁的磷火
也不能随意碰撞

很想在没有路标的道途上与你相遇
在没有落叶的深秋里
以绿色的特有形象
站成一次季节的轮回

有情未必成眷属
让我作一次陪衬
为你
骄傲

一片落叶

叶落案头
才知秋临三分
关牖闭户
可又摔不掉阴凉附身

不知它要禀告什么
是气节的叛变
绿色的解体
抑或是大地的沉沦

拾起那片苍白
伴它一起孵育
看来只有等待梦见春天
走进自然的那一刻
才能体味这枯黄的玄机
这飘逸的一些底蕴

仙人掌

不去埋怨仙人的疏忽
不去追溯身世的贵贱
就这样支撑天地
就这样淡漠人间

被人玩弄是对我最大的不恭
沾过血我才知道人类血型的不同
荆棘是我生存的手段
冷峻是我处世的内容

把根连到棘上
那么我们就有共同的语言
把棘埋在心中
那么我们就可以沟通

傲然凝视
沉默就是最好的表达

知　音

拾起一片落叶
缘着筋络揣摩它的质地
正面蓬勃的留痕依稀
反面凋残的归期迷离
再次校对自然的日历
侧面还附有一条深沉的注释

孤独了几度风雨
现在终于有了倾听的知己
凝望安详的静默
满腔情怀
只有浓缩这样的言语
可爱的
能否召集你的兄弟
都来我这里聚集
让我提取你的旨意
组合一个深沉的节季

寄向遥远

又一首诗雏孵成了
可我不知道要寄向何方
你匆匆的别离
给我埋下一笔深沉的追忆
翻越万水千山
始终找不到你的足迹半朵
呼唤日月星辰
一味是天体的交替缠绵

真不忍心望着鲜艳的诗发霉
看动人的篇章腐烂成千年

又是梦盈季节
又是月圆时分
心在笔端挥洒
人在天涯流连

听　琴

（一）

仿佛寻找了几个世纪

在迷惘中失落

于是径自走向黄昏

希望得到一次性灵的洗涤

一路诚挚一路痴

自然赐我一串黄色的音符

清越之音闪烁

随即升腾在秋野的空中

袅娜的旋律

似一首迷人的夜曲

那弥漫的神韵

正是渴慕已久的天籁

旋紧松弛的心弦吧

与之共醉一曲《难忘的今宵》

（二）

捧着来信读你

隐约读出了俞伯牙谢知音的故事
千年的绝唱
一直飘荡到如今
清音袅娜
跌旋心际
很幸运于黄昏时节
倾听到一串悦耳的音符
如筝如瑟
如我永恒的梦幻

只是风云莫测
我担心总有一天会哑噎
不是因为赏者的挥别
而是由于弹者的无奈

（三）

逃避已无去路
我再一次怅然回首
舔情抚忆
那根无形的琴弦
几乎支撑着我半载人生

不忍让你失望我的荒芜
更不忍让你战栗我的痍痕
就这样保持一种默契
一种幽沉的和谐

太美了
有时令我不敢接近
光的闪烁，音的跌旋
足可让我昏迷

抚琴舒怀意如何
沉醉另一轮完整
在午后
在云端

（四）

创伤痊愈了
为什么还不能鸣响
丝线弥合了
为什么飘动的不是弦上音
哪怕只是一律半韵
也胜似他人的千歌万曲

不知音壁已喑哑多久
不知案体已蒙尘几分
难道要让我痴望百年
等候江河的再次干枯

曲不离口
琴不离心
在我还未沉寂自然之前
能否再给我一次沉醉

（五）

回味的时光
穿透厚重的心壁
时断时续
翻晒着一段难忘的心情

曾经多少个日夜
为了和准一个音阶
独自在风中摇曳
几乎感动了整个秋天
那首本应来自天国的夜曲
却在人间又一次演绎

场景依旧
情节悬迷
外壳上依附的那层尘埃
不知何时萌出了芽
一串谜样的回音
驻足良久

当我正想重新调试时
帷幕突然裂开
背后隐约听到了
人的叫声

（六）

有缘相识南山下
无缘结伴南山中
那段飘逸的情思
可否蒙上一层锈迹

穿梭于大庭
混和于槽枥
再洒脱的音符
也不能显露最初的本色

昨夜月栖树梢
遥远的幽鸣随风飘临
掬一把晚秋的韵味
接近净界

既然不能侧耳倾听
深山的呼唤
只好面对林野
独自玩味落叶的芳姿

焚　秋

因为扫过地
你率先体验到肃杀的气氛
当片片落叶压迫你的躯体
你就驮起了一筐秋色
掀一掀箩筐
你就摆脱了沉重的负荷
伸一伸懒腰
你就卸去了疲倦的感觉
放一把火烧光
把整个秋天毁灭

那一缕余烟
分明是缥缈的愁绪
那一堆灰烬
无疑是悲离的化身

捡起一片逃逸的落叶
我在寻觅另外一种心情

无怨的青春

接受了辉照
我就逃避不了情人的视线
拥抱了爱情
我就逃脱不了火红的煎熬

早知这样的接触
只能是日后一场凄楚的回忆
仍要提取最浓的那束情愫
扮饰你绿色的华年

既然风雨已上归舟
并肩驶向亘古的河床
就让我化为清波微调
浅唱一曲四季的颂歌
我的追求是纷飞的落叶
深情无悔

人　生

一张入场券

无排无号

所有的面孔

一律陌生

挤进剧场

亦步亦趋

提心吊胆

偌大的舞台空无一人

蓦然转身

一束强烈的光线

无法摸索

今夜的节目如期进行

返璞归真

从慈祥的扫地老人那里

我讨来几片枯叶

没有火红的个性

缠绵一段难舍的情缘

只以落秋的形象

预示着世纪末的即将来临

不管耀在空中

还是坠落泥里

一样衬托树的威严

无悲无欲

腐朽是什么

不就是蓬勃的变更么

成泥作尘

早已不在乎祭天的结果如何

宵　夜

那一次把冷饮溶进话语
我喝掉的不仅仅是清凉
你温柔的滋润
似是一场天赐的甘霖
数点珠玑
我就有雨的全部感觉
几曲衷肠
我便忘却了杯中特有的韵味

生活中的点睛之笔
最是淡写
保持一份缄默
为下次幽会伏笔芳香

星月若隐若现
我迷蒙得认不出方向

夜 归

城市的钟声响了
惊醒一路归途
如梦如幻
苍白的夜色
飘洒一串悠扬的驼铃

今晚旅人的道上没有笛声
那盏明亮的灯火
为何还未入眠
是在等待一份宵夜么

那扇窗口
是一段不能接近的距离
恍恍惚惚
就这样朦胧在我的心中

相　亲

（一）

听烦了一大堆解说词
涉过了一大片沼泽地
峰回路转途坎坷
还是没有见到芳影半朵
揭示那神秘的面纱
难道非要到达庐山的顶端么

不知还要寻觅多久
不知还要绕道几弯
如果命中注定要如此折磨
咬着牙我也要支撑到底

琵琶遮面是千年的旧题
渴望回旋一曲幽雅的弦音
我的追求没有遗憾
嚼一嚼
一路是景

（二）

通天的路途已断

只得在地上迷茫

真想拨开浓重的云雾

作一次彻底的俯冲

哪怕是狰狞围困

也要久久盘绕

不知通幽的障碍何时清理

不知深锁的重门何时敞开

只惜还未爬上台阶

就被拒在风景之外

对于美丽本身

我所担心的不是被人践踏

而是封尘的年华

把它脱化成无人鉴赏的古董

泪

墨水流干了

我的感情凝在笔端

忽然想起了泪水

蘸一蘸也许还能流连

于是创造种种意境

忧患，痛苦

感觉一次深情的激动

体味一份意外的惊喜

可无谓的呻吟

始终挤不出晶莹半朵

揉一揉眼眶

扪一扪心

我的眼泪到底躲在哪里

失恋时没有流过

失意时没有哭泣

清明的路上没有余痕

就是唐诗宋词里也没有印记

难道就忍心这样断句

无泪等到天明

梦里依稀
在太阳的背后
似有一股潜流

夜的感觉

（一）

孤灯茕影

旋即浓缩成夜的眼睛

那无处依托的游灵

悬在弦外

缭绕，扩散

撞击无边的思绪

一路哭泣

跌落一夜晨星

城市的脉搏

不时闪出一截密码

启明的钥匙丢了

今夜的呢喃格外沉重

辗转反侧

我的存在

不足以证明

（二）

面向黑暗

我始终走不出自己的视线

很想撩拨这如酥的神经

径自向梦表白

那似断似续的呓语

一种躁动多年的情绪

夜的触须很粗很硬

根根扎在我的心

黎明的刀钝了

我仍然漂泊无助

转入时间的怀抱

捕捉跳荡的音符

我把雄鸡的清唱

当作曙色的注释

何必当初欲相见

为什么你刚许下诺言
就迅速地隐匿天边
让无际的黑暗
熏染我情感的深度
梦里仿佛遇见
梦断却模糊一片
缘着梦痕追溯
梦幻逃离得无踪无迹

黎明到来的时候
你的夜空浓得可以拧出墨汁
但我还是要提起沉重的笔
蘸一蘸伤痕
写下这一串含泪的诗行
无望地寄到你的面前

告　别

读完你的寓意
只好交出一张白纸
那腔情怀
宛若一池莹莹的湖水
只要微风轻送
就会触动圈圈涟漪

站在岸上凝视
保存一分痴迷
湖面醉人的春色
是我咏叹不完的主题

轻轻地挥一挥手
告别眼前的诱惑
且把天上的云彩
写入我迟复的答卷

约 会

一步两步三步
门前的石板清晰可数
一秒两秒三秒
腕上的秒针清脆可听
街上流行的色彩已经褪色
可伊人的影子始终没有出现

不知何时
笔挺的衣裳卷起了皱褶
舒坦的脚丫磨出了血泡
门外的气温骤然降至冰点
但我宁愿等到破晓
不是一场意外

不远处忽有一影闪过
旋即卷走了我的全部焦虑

晓　星

（一）

仰望太久了

我感到从未有过的疲惫

眩目的夜空

是我影子的变幻曲

渺茫的太虚

是我神经的剖面图

儿时的印象不老

天河的石子

是醒夜人的眼珠

童年的惊喜不旧

遥远的诱惑依然

穿过时空的经纬

收回蒙眬的视线

破晓前闪耀的

正是我黎明的清梦

（二）

告别昨日的黄昏

投向天空的花园
朵朵鲜艳的星蕾
是我等待已久的精灵
很想摘下属于我的那一颗
埋在心灵的沃土
作为耕耘的对象
伴我成熟

承接阳光
沐浴朝露
那枚青涩还在酝酿
却已跌入感情的深渊
触动心壁的一串热泪
滴醒一纸惺忪的诗行

养　心

面壁已久不能悟
换了一个角度
窗外景致
挑逗着平静的性灵

于是揭开一层窗户
挣脱禁锢
直到碰痛了头颅
我才踱回纷乱的脚步
摸一摸伤痕
原来一开始就选择了错误

门外行人匿迹
门内一把阴湿的锁
陷入囹圄
痴痴等待
系铃人

演　笔

（一）

接受了芬芳的许诺
我就摆脱不掉感情的负荷
为了一个遥远的祝贺
曾一度昏愦成蹉跎

我只能以信鸽的身份
捎去十二分情种
无论是以播者的姿势
还是塞外人的心情
不是因为远方的呼唤
激起我一时的冲动
仅仅是那份廉价的诱惑
令我做出伤心的抉择

既然肩负传递的使命
就得认准既定的方向

（二）

一份诱人的答卷
熬煞一份未经雕琢的情感
不知灌注怎样的心血
才能铸就你心中的长城

一旦接受了考验
就不能草率演绎
在布满迷惑的卷面上
悄悄地拓出一角圣洁
献出我的热情、至诚
以及爱的全部力量

当你悟出题中的含意
就捎来一片鸣响的心迹
不管如何结局
宽欣的慰藉

诱

悄悄靠近那棵果树
我在垂涎丰润的枝头
醉人的郁香
撩拨我心旌荡漾
青春的晶体
诱我迷乱的脚步
冲动重新泛起
欲念再次滥生

只为了等待一个心愿
咀嚼一次格外的酸甜
早已忘却头顶上的天
及脚底下的地
可惜树丛太高
踮起后跟也无法触及

从深夜到黎明
树梢末端
在我强烈的感召下
晃了两下腰肢

昨夜没有西风

失落的欣慰

那一次我们冒寒而来
坐成一冬形象
黑色的欲念
未能成为夜间的点缀
待到风密雨亲
只好背走璀璨的夜色
融入荒凉的街区
一路播撒哑然的车铃

不期待成熟
不奢望有个丰盈的轮回
我早已把你嫣然的微笑
谱成人间最美妙的乐曲
无论春夏秋冬
都会在心灵的上空悠扬

又见大海

养尊处优久了
才决定作一次彻底的流浪
以便重新体验一种晕眩
告诉他人波动的滋味

雾气太浓
我几乎认不清方向
极目远眺
仿佛看见传说中的方舟
正载着一群无助的人们
隐约地驶出苦海

汹涌万年
澎湃亿载
命运赋予我呐喊的本性
此时也哑噎不语
很想给你一点证明
可面对你深邃而宽广的胸襟
只有沉默
才是我唯一的表达

梦中之城

不知何时
远行的抉择
伴随蹒跚的步履
书写一串汗涔涔的印迹
寻觅多时的蓬莱
仍然隐约在未魇的梦中

不在乎能否到达诱人的殿堂
披着缀金的袈裟
炫耀虚浮的荣光
只想以悠闲的姿势
寻求一种欣赏的角度
沿着城外徘徊

一路景色迷人
我几乎忘却此行的真正含义
回头一看
身影里展现着无悔

雨　季

从雨中走来
我在捡拾一些失落的影子
仿佛昨日的故事
依稀就在眼前

那是一个霏霏的雨季
无助的你一任雨点凿壁
我毅然移过手中的雨具
为你擎起一伞无雨的天地
从此
我想把所有的雨点
揉进春的写意

然而瞬息万变的风云
淡了
雨中浪漫的情调
再也没有来临

转眼即到枯水期
我的梦幻失却了虹的颜色

那页被淋湿的记忆
无法风干

雨季年年会来
可雨中的那分情缘
却已跌入
龟裂的心田

寄向遥远

曾经被袭人的季节风
困住了整整一个星辰
风疏雨散
宿地上孑然一截追思的身影

鲲鹏展翅飞
一别数千时
虽然只是短暂的一栖
却在我心底里
投下了一幅永远也抹不掉的记忆
月夜朦胧
只得跟随西天的流星
作一次彻底的追寻

越过关山
望断秋水
真不知该用什么法尺
才能测出你情感的深度
难道你就这样远走高飞
让我独自苍茫面对

爱过一次

咫尺天涯
为什么要我跋涉遥远
唾手可得
为什么要我如此呻吟
是想让我扩充爱的内容么
是想让我拓展情的涵义么
告诉你
我不想在爱情的词典里
苟合一段凄丽的词句
让你痴醉
我更不想把自己
磨成浆状的篇章
让你一路咀嚼
在感情的折磨下
我无论如何也慷慨不起

也想隔岸观火
看他人悲欢离合几多愁
也想去伊甸园中梦一回
摆脱尘世的纷忧

陷入情爱的囹圄
有谁自愿高歌其中的酸楚

愿你早日走出象牙之塔
走出我苦涩的诗行
让我们彼此相对
视也脉脉
语也默默

错过电话

不能破译你的密码
无法截取你的波段
就这样错过了惊喜
失去了一圈别样涟漪

闪烁的街灯
依然朦胧
一路播撒的车铃
等待发芽
难忘的相聚
已悄悄地粘上了初春的韵脚

电话铃虽已消失
我只是错过了一个形式
只要夜空还在灿烂
只要黎明还未到来

等　待

（一）

无法追问你的行踪
奇遇之念霎时弥漫我的鞋底
于是顶着一伞期望
冒着细雨走向街区
捞取一路车铃
只惜空有余音缭绕

也许你已到达我的惦念之门
站成缠绵的二月天
我旋即踢开奢念回复
门前依然没有漆上一层埋怨

你游移不定的伏语
我却当作了诚笃的诺言
虽然抱着空篮
可还是筛不掉那缕思绪

（二）

当我关上门窗之前
渴望还痴痴地等在外面
那幅涂糊已久的幻影
始终没有走进我的视眼
于是只好默默面对
一纸零乱

歪斜的一串象形字
剪不断解铃人的牵系
信笔掂来的斑迹
是守夜人躁动的留痕
就连委曲的纸背
也在叹息我今晚的痴愚
一管没有弹性的笔
怎能把伊人的心触及

咏　红

渡过寒色

日子就出现了血气

给智慧涂上一层红晕

便是你体内的一种辉耀

绚烂，静美

展示了你勃勃的英姿

北极光的色彩

始终是你编织的梦幻

自然的节奏

随时会危机着生存

命运的轮回

也会憾动活着与死去的魂灵

夜色深沉

不知你的追求着落何处

沉默的电话

当我举起话筒时

忽然发觉

有一种不能表达的东西

自心中油然而起

当话筒把我僵住时

一种欲罢还休的感觉

又把我逼到了

进退两难的境地

痴立，徘徊

忐忑一种躁动的心情

当电话也为我羞臊时

我这才领悟

你我之间的这段距离

原来是这样的一种美丽

祈 雨

线索已经铺开
场白是春
我执着的追求
已进入一种境界

空白处
只剩下一个鲜明的主题
在晴朗的日子里
你走不出自己
而星光灿烂的夜晚
更需点缀

天道有水
需要一场温柔的媒介
你平静的港湾上
已漂着一只羞涩的纸船

逸 琴

多少次想举起手
却又不敢轻易落下
锁进记忆里的那段旋律
是否还像当初那样清纯
只怕轻轻地触动
就会抖乱琴盖上原有的案图

闲居乡间那些岁月
时刻萦绕在我心灵深处
一根无形的弦索
悠然奏出一段美丽的故事

如今春风又动秋波时
封尘的华年再一次亮绿
我只有捧上这一把三月的韵味
为你涂抹一层节日的荣光

深情无悔

在春天的枝头上认识
一切似乎都可以等待
只要绿叶还能婆娑
自然的华彩就不会褪色

一份盈盈的美丽
还在陶醉视野
我艰难的履痕
始终惦记着你的归期
即便严寒与酷暑
即便是一路模糊的血泡

站在你背后
我的眼中不再是一片迷惘
当太阳从东方升起
我就听到你影子落地迸出的音响

春　游

一张春的入场券
垂吊在吐翠的枝头
微风一次又一次登门造访
邀我加入绿色的同盟
面对青衬红装的诱惑
我没有理由拒绝
抛却一切可抛的行囊
对身后的影子作一声告别

握着一份涤后的平静
一路打听春的方位
树枝上啁啾的鸟儿
为我义务向导

一湾清澈的小溪
从我身后潺潺流过
史前留下的一处遗址
让我陷入深深的追思
一片倒影落入水中
捎走了我的全部思绪

告别春天

结局虽已料定
心潮仍在起伏
岸边绿树红花
还未写入画卷
既然已经认识
何不潇洒一回
纵有风情万种
去后与谁诉说
收拾一抔雨点
淡化浓重情绪
只好堆成浪花
权当最后告别

泛黄的春天请柬

一张邀春的请柬
寄出去已经整整一年
而我收到的回复
只是几片飘零的落叶

当落叶落尽的时候
我独自走向苍茫
融入冷色
成为最后的一笔写意

从冬巢中苏醒
我发现四周已经潮湿
那处不能蒸发的
是我身上渗透出来的液体
如今绿意再度临窗
而鞋底却已锈上了一层黄斑

无言的结局

你给我的那滴莹澈
恰好落入泉眼
一路叮咚的曼陀铃
苏醒荒野中的沙地

那段空白的隙处
隐含禅意
搁下鲜红的季节
正好可以梳理

你离去的背影
与路的尽头重叠
满纸涂鸦的墨汁
已经接近沉寂

拨开一层红晕
你又回到了最初的纯度

依 然

你不必为爱你的人回报
我不会向我爱的人索取

如果春的场白是一次误会
我决不会抱怨热闹的枝头
把一些不该飘坠的花瓣
落入我带血的伤口

如果注定不能凝结甘霖
我愿飘到天沿
罗集落日的碎片
为你编织五彩的花边

如果离别能够使你生动
我就以雪花的形态
埋没地下
待酷热降临
散发一点微弱的气息
助你阴凉

虹

你的出没充满雨味
你的痕迹跌入竹篓
就可提取一部幻想曲
只要地上还有一个人在注视
关于童话的色彩
就不会消失

你的质地
是太阳表情的一部分
你落地的声响
触动了山中最敏感的那根神经

实在无法拒绝诱惑
却又不敢轻易靠近
动人处
留下一片空白
落笔最迟的
总是最想说出的话

照　相

凝视是一幅山水画
行走便是一组流动的风景
你的背影
早已被我写入镜头
所有的陪衬一律模糊
只有微笑才是你恰好的点缀
动人处无须说明
焦点正是源头

你特有的韵味
始终走不出我的视线
即便我交出最后一张底片
也交不出我激动的心情

最难把握的
还是你我之间的距离

日　记

你送给我一段未写的经历
唤醒了沉睡已久的记忆
荒野里那口废井
终于听到了足音

曾经为了一个泉眼
不知淘出多少苦涩的沙泥
最后只好在心灵深处
掘出一处秘密
盖上一层俏皮的封面
写下所有的悲欢
断续的故事
潺潺不绝

今夜的呓语溢出井沿
不知该从何处落笔

承　诺

你的名字徘徊在我的诗外
你的流韵已泻入我的诗篇

只惜拙劣的笔尖
无法洒脱
你最初的颜色
总是温馨的回忆
只要走入瞳孔
外延就无限延伸

烈日当空
想抬头凝视又不敢睁开眼睛
杨柳依依
有想法却又羞于启齿
凿入心壁的
还是你霎时脸上
最初的红晕

露　水

是上天的特意安排
我本不在乎生命的诞生
是出于爱
还是一次偶然的过失

晶莹剔透的色泽
无须镶边
更不想借助外来的宣传
使自己再一度闪光
与其在风雨中跌落
不如在黎明之前结束生命

活得最长的
不一定就能获得最后的幸福
玲珑的生
从容的死

150

（二）

路上有雨
行人不知躲在何处
那把锈迹斑斑的雨伞
早已不能支撑
匆匆起程
目标写在脚下
有清风迎面而来
归期煎逼

本以为可以固守一片天地
却发觉蝉声已失
孤独总是滋生在
夜的边沿

脚印模糊处
找不到一个影子

欲速而不达

本想以火的热度
烤暖一堆潮湿的情缘
没想到一股原始的冲动
毁灭了所有的幻想
炉内灰烬惨然
再也扇不起一缕云烟

娇嫩的肌肤
无法承受六月的烈焰
可燃的情感
怎能经受纸上的煎烤
几封娟秀的信笺
忍痛隐约着一个信息
爱的最佳尺度
便是若即若离

潮　水

拒绝有一千种理由
可你一开始就关闭所有的道口
让我在无边的黑暗
独自摸索

蕴积多年的欲望
一旦有个向往的堤岸
就会藉着本能的冲动
碰撞最美妙的一组浪花
我不知道你的根基
能否经受得住
我不知道你锁住的缘由
是不是想看我在风雨中永生

只要心中的形象还未消失
我就宁愿立成一尊界石

再见大海

不想以搏击的身份
再次显示自己
晕眩过后
我只想闲步海边
撷取一组迷人的传说
关于方舟海神
以及远方拾贝壳的女孩

那截粗拙的绳索
无限延伸着讨海人的臂膀
那个随波逐流的漂流瓶
封存着大海儿女心中的全部秘密

当海潮迎面而来
漫湿我的思绪
我只好返回堤岸
不带走一朵浪花

征　婚

人生的昭示贴出不久
我就返回故里
守住最后一道栏栅
等待情节

当你跨过门槛
睡意已知趣逃离
揉一揉疲倦
调一调音准
眼神打开了话闸
袅袅升腾

你的光临是一把焰火
焦虑了颤动的篱笆
火焰的中心
正舞动着我的诗魂

酸甜的葡萄

几句缺边的借口
封住了我洋溢的向往
诗边上
已经长出了白绒绒的丝线

我无法用灰色的质地
编织一组六月的花环
只能以蜜蜂的果实
感受历程

不忍揭去误会的面纱
破坏一帧凄楚的美丽
就让它继续幽怨
关于红楼的插图

徘徊在葡萄架下
不仅仅是为了乘凉

寄向遥远

许是缪斯女神的引诱
不然你怎么会轻易下凡
多少次翘首以盼
不是雾失楼台
就是月迷津渡
通天的路途一再阻隔

忽然忆起架在书上的云梯
放飞一只彩色的纸鸢
借助风情
或许可以攀沿

天地悠悠
苍海茫茫
所有即将发生的故事
就凭着这一线力量

琴音渐去

两年前的预感
终于践约了
渐入佳境的曲调
总是介于有无之间

探索了几千年
那根隐秘的琴弦
还是不能调到恰当的位置
月下的情绪
仍然是清辉一片
偶尔落在梦里
也能萌出幼芽

风雨潇潇
一个坦荡处境
两种无奈心情

无酒也醺

是你潜意识的逃遁
还是我约错了日期
在即将接轨的祝贺上
你只点到为止

我的歉意长出了翅膀
可知道你掉转的缘由
竟再也飞不起来
不是因为沉重
而是沾湿了太多的水分

守住了一夜风雨
那滴醉人的精魂
始终没有落下
于是捧着一个空酒杯
满地里找寻

喁喁私语

立地顶天啸万里
枯藤老树最写真
白云缭绕处
心灵秘密地

从形成的那日起
就不想惹出过多的是非
多年的愿望
总是想在癫痫的荒芜上
植一片绿荫
蓄一弯甘澈
为仁者辟一处歇息的静地
只要天上还存有一碟清风
地上还能托出一盘明月
我就不会失去对生活的兴趣

寻 根

总想把握住破晓的啼声
而回音壁上
不时有沙土脱落
我的空间窄得容纳不了躯体
探出窗外
纯粹是为了解脱

流浪是一种无奈
有家归不了才是现代人的痛苦
屋顶的滴漏
正好溅湿墙内的一段时间
苦涩的诗行
早已迷失了归乡的路
殿堂坍塌了
我成了一座立体的废墟

想　飞

也曾想给自己安上一对翅膀
但天空呢
囿于立体的矩形中
只有悠悠白云
偶尔从网状的视线掠过

天外似有纷飞的形迹
投下阴影
不知哪一种浮力
扇动着距离

缘着依稀的道口
四下里寻觅
举头望天
却全然不知
脚下的土地正在漂移

不管大地会不会沉沦
一片翱翔的天空

神秘的葡萄

从室内到室外
走出自己的唯一缘由
是吊在架上的那串葡萄
由青到紫
袅袅婷婷
拴住了少年魂牵梦萦

想象有如得势的风筝
连着天梯
不料一时冲动
绊倒梯子
二十年的一滩美梦
碎了

当欲望的伤口弥合
那串令人垂涎的果子
却不知去向

情 商

自从商品流入血管
我就不想出卖自己
爱的斤两很难掂量
情的价格无法标出

并不富态的你
何以这样慷慨
把缀满感情的外衣
折价卖出

感情不能化为利润
也不挤占发财空间
内幕交易
避开了缘分的砝码
几张零乱的包裹纸
躺在角落叹息

明　星

（一）

只有在沉默还不能表达时
我才开始了描述

不想和着通俗的歌词
把你唱了又唱
心中的夜曲
总在皎月的空中飘荡

也曾想制作一个镜框
把你定格
任凭日月交替
只怕风和云
随时会调在暮色的边沿

只要朦胧还未散尽
我就会借着微弱的光芒
寻到天涯

秋夜的空中
挤满桂花的香味
天上人间
只有一座桥梁
沿着坐标的指向
悄悄地向上攀沿

只因几缕飘忽的云彩
一时蒙住了视线
轻轻一挥手
随即绽出真心的笑脸

阴晴圆缺
同样逃不出时空外沿
遥远的闪烁
终究是我心中的腾图

预 约

当秋天最后一缕心情
落在泥地时
我就来约你
带把成熟的标签
当作通行的证件

等待是一团火
掠过夏日的夜空
沸沸扬扬
接近裸形的日子
原野里涌出一泓清泉

眼镜丢失了
我把你的感觉写在树梢
踱在季节的道路上
我不想留下一丝痕迹

旅　途

（一）

悄悄地登上旅途
丝毫不惊动窗前的芒果树
风用影子送我一程
有落叶附身叮嘱

我不想把坎坷的经历
剪成条状
用青涩的包装
让人品味
但我会在天涯的角落
捎去一句遥远的问候
用密探的方式
令你惊喜

天上的月儿胖了又胖
我的归期没有着落

（二）

本可以告诉你风的航向
却又无法预测
十年前跌落在铁轨上的梦痕
现又生动起来

轰轰的雷响
反复又反复
喉管洞开
一千次呼唤没有一次回音
列车暂停
灵魂得不到丝毫慰藉

西行的路接连地沿
停靠却越来越少
汽笛再次拉响
候车室里空无一人

霞

（一）

从夜里走来
我对黄昏的感觉已经模糊
渴望很久了
总想回首再看你一眼
往日灿烂的风采
不知尚存多少
最后一次的凝视
在我心中已经淡化

记忆的幻觉若隐若现
曝光的次数时短时长
曾为了那个不朽的信念
你影子化成的主题
我毅然丢弃了行囊
在落日时分
只身闯荡大海

几度辛酸
几多磨难

就在我驶近天边的时候
不幸祥云忽然化作恶雨
孤舟一路颠簸
几近沉没

我漂回了
疼痛与伤痕
朝圣者
竟是这样一种结局

（二）

有风从山脚下走过
影子消失了
有雨自心底里落下
滴成库区一座

楼台坍塌
风儿没有藏身之所
坝顶裂开
雨水四处逃遁
旱情过去了
漫天遍野黄了又绿

秋季的田埂上
偶有几粒沉重的心情
面向西天流岚
喃喃地诉说着往事

游　云

（一）

有影子从空中投下
不偏不倚
正好罩在屋顶
当我走出自己
却发觉游离了方位
几抹痕迹又淡又微

遥远的召唤
震动了心壁上的一片声音
飘忽的云彩
是我等待已久的心情

唯一阻隔的是距离
美就这样诞生了
既感到你的存在
却又无法触及

（二）

二十年过去了

再也不能把自己软禁起来
门上的那把锁
可以写成一部伤心的历史

蓝天依旧流动
最是阴凉的地方
已长出了一对翅膀
心却无法追踪

有一只忽明忽暗的眼睛
时时投在东窗的外沿
在烈日底下
金子也无法沉默
于是只好放飞一只鸽子
在云霄

（三）

有风自秋缝里碾过
唤醒一片原始意识
有雨自心中滴落
交织成云
游移
只为了一个欣赏的角度

走出视野
不必顾忌时间的清晰与模糊
放眼四季
有山可以留痕

有树可以栖息
一曲悄悄的絮语
可以付给
叮咚的流琴

捧花微笑

几乎酝酿了一个世纪
本想在节日的氛围
增加你愉悦的浓度
念及你在国人欢庆的日子里
要去赶赴人生的考场
无法彻底享受这突来的惊喜
于是就放弃了
一次罗曼蒂克的冲动
带着无奈的心情
踏上归乡的路

当我回到精神的乐园
旧有的意念如日中天
趁一把炽热的情感
捎一束含苞的笑意
随着风向
轻轻地敲开你的家门

秋的请柬

愁

渐淡

叶坠落

心随风飞

唯秋挂枝头

假日郊外寻觅

拾一片天然野趣

超脱不限季候

我等晓逸韵

可比秋风

景撩人

君意

何

星　雨

夜雨

打着灯笼寻觅

有光来自天上

举头望天

沉沦

那片闪烁

已不知去向

毛尖上的水珠

亭立

附身的感觉

地上

冒出了水花

朵朵闪闪

流满天上的星

爱的踪迹

那朵鲜艳的玫瑰

早已蒙上了一层灰

色泽黯然

再也提不起精神

瓣瓣含蓄

斜挂暮秋

脱离母体的伤痛

只为了一个执着的信念

含着娇羞

等待水灵灵的神话

梦里依稀

传说中的故事

始终没有演绎

零落成泥

但最初的心愿

是人间

幽　境

鲜活的树梢
不再耀眼
曾经诱人的枝桠
还原了本色

飘零无序
一页苍白的篇章
动人处
渗透了泥土意识
无韵无味
展示天趣

失落是某种解脱
在被逼入净界之前
仍要痴痴等待
最后一位赏秋人

拾贝人

（一）

不知道你走出多远
才能到达智慧的岸边
你携带的全部物品
只有一种心情

在无水的海滩
有一堆狼藉的脚印
裤管卷起来了
可始终找不到落脚的地方

视线有点模糊
你的世界缀满了
串串珠玑
梦里开花
在你丰盈的网兜里
忽地挤出了一层光环

（二）

桥墩下的流水
挑着两个世界
淙淙流淌的催眠曲
是寻梦人遥远的呼唤
闪光的历程
写满无法破译的文字

温柔是一种陪衬
浪花闪着谜样的光芒
行囊塞满了
心情如潮漫溯

踏着月色回归
却迷失了一半路途
不远处
有一个漂流瓶在沉浮

（三）

海滩
贝壳
浪花
女孩在组合一个世界

掬上一朵幻想
抛向天空

正好击中
仙女散落的微笑
成雨
成雪
成甘霖

贝里闪光
有芽挣脱沙泥
一朵洁白的小花飘浮末端
那是女孩缤纷的梦

（四）

也曾慕想过累累的松果
但坡呢
站在沧桑面前
只听见林里几声豌帱的蝉鸣
智慧的果实落到土里
可以长成仙人的姿势
拾贝壳的女孩
是松果寄托的形象

抽一条缠绵的雨丝
连接海滩上的贝眼
掐一截秋日的藤萝
系紧山坳里的松蒂
拧一拧线头
山海即成一色

（五）

茫茫的沙滩上
挣扎着无数生灵
简单与平凡
是生命的支撑点

女孩的视线
定格在人形的沙地里
一幅斑斓画面
写满天趣
发掘的刹那
心底掠过了一阵战栗
许多料想不到的东西
自手中汩汩流淌

茫茫的沙滩上
有女孩拾不完的梦幻

（六）

走出了炎热
却走不出对海的向往
海滩上
布满了复杂的神往网络

虽有一张风景图
还是不敢贸然接近

生怕一不小心
惊动了案上的景点
把许多迷人的风光
破坏得荡然无存

在回程的路上
有风自海滩吹来
淡淡的
夹着一股沙味

（七）

女孩幻想的田野里
有一片贝花在摇曳
心情开阔无垠
海滩近在眼前

掏一掏沙泥
就有闪光显露
衣兜塞满了
裤管再也不能卷起

在回家的途中
数朵盈盈的微笑
伴着轻快的歌声
悄悄地探出头来

一兜欢乐

只得任其自流

（八）

天涯茫茫

沙滩在脚下延伸

数不尽的坎坷历程

依然了无踪迹

那枚珍贵的精灵

不知流落何方

一个晴朗的午后

有轻风迎面而来

掠过心灵深处

吹开身后的一片沙土

一只沉默的晶体

裹着一层拙朴

在自营的沙巢里

等待千年

（九）

——题记：在女孩执着的信念里没有不可以创造的奇迹

春暖花开

女孩的心情流入海潮

遥远的地平线

牵动了她如诗的年华

一片还未垦殖的沙滩

时时含在梦中

拾一把珠玑

哼一曲小调

当流岚涂满西天

女孩的心早已布下了坑洼

渔火若隐若现

月儿时晴时阴

清风徐徐而来

沙子毕毕作响

一朵朵娉婷

竞相绽放

在半启半歙中

藏着最迷人的微笑

烈日炎炎

女孩的幻想

踏着自然的节拍

茁壮成长

露凝的娇艳

浸透了一半汗水

四轮风雨

数不尽点点滴滴

潮起又潮落

那片神萦梦绕的乐园

总是以饱满的姿势

对人间开放

海风再次吹来

季节开始下沉

海市的集墟上

<u>丛丛</u>影儿声嘶力竭

蜃楼的顶端

闪着女孩谜样的光芒

吆喝声一阵紧似一阵

交易场上

挤不进一丝凉风

所有的面孔

都浸染一层海色

当最后一个商阊打烊时

街上只剩下一堆凌乱的痕迹

湛蓝的天空中

一股灵气随风飘游

山上的一株菩提树

一夜之间掉光了叶子

极目远眺

树上已经筑起一座凤巢

捡拾一片生活的底蕴

寄向遥远

太阳渐至冷却

沙滩上的形迹早已风化

唯有一只身影

还在不断徘徊

海滩上的贝壳

处处亮起了眼睛

一片彩色的梦幻

终于开遍了视野

这时

一簇海浪里的花朵

溅湿了女孩美丽的衣裳

转瞬之间

隐没了方向

（十）

夏日的梦幻留在海滩

青春的潮水漫过心田

所有的追寻

已在一瞬间定格

在沙砾的隙处

有一闪光物体

沿着月儿的轨迹

发出低沉的召唤

沙滩上的形迹可数

流连的地方

一片寒草

在摇曳着秋天

孵化期一到

时间站出来证明

（十一）

当我走向沙滩

一群彩色次第开放

寻寻觅觅

接近海的边沿

有一柔和的身影

独坐天地之间

看风掉进海里成花朵

看渔火明灭化欢悲

而后拾几片心愿

把美好永驻心田

待来日开花

香遍人间

当我返回堤岸

只认定一个方向

（十二）

夹一片火红的枫叶

剪一帧碧绿的背影

深秋的请柬

写上满月的清辉

预约的指针

把我引向江边

系好陆上的渔网

等待渴慕已久的心情

岸边茂密的水草
突然被沙子淹没
一个女孩躬身捡拾
面带天真的笑靥
缠绵的树梢
终究挽不住风的洒脱
一片落叶飘坠
正好击中女孩的脚丫

空回首
一网生活的底蕴
在摇摇晃晃之中
不知不觉地漏掉了一半

（十三）

岸充满着禅味
在离离靠靠中混和了
所有的悲欢
在水中泡过

泅过汪洋
却泅不出那身独特的背影
天地间
只认得一种滋味

再迷人的沙滩

也启示不了什么

只有一种诱惑

始终没有褪色

一年四季

连着天边

（十四）

无痕的沙滩

还向天边舒展

灰白的颗粒

已裹不住天真的笑靥

一串足迹由青到黄

落在喧嚣的人群

成砝码

天平倾斜了

一种心情

折价浮起

遥远的梦幻

跌进海里

原始的记忆

渐渐复苏

（十五）

脚印模糊了

足迹风化了

淘情

比沙子还要沉重
时间
在陆海交界处
陷入
坑洼里

一层白色的晶体
逐渐醒悟
夕阳下
拾贝人的剪影
幻了又幻
爬上了墙壁

（十六）

时断时续的渔火
隔着岸边
凝视一种美丽
纯粹是距离
脚下的土地
可以掏成一座宫殿
世上耀眼的点缀
也比不上你透明的心情

茫茫的沙滩上
有一个神化故事
正在悄悄地
演绎了现代人的生活

最具耐人寻味的
只是那微微的一哂

（十七）

一种与水有关的感觉
袅袅升腾了
几个世纪
才能有一次轮回

明暗的底色
只在汹涌中显现
最终的流向
是源头

从潮水的后面
过滤一段别样情愫
最为难忘的
是铺在你脸上的几朵微笑
大海沉默了
沙滩上的痕迹

唐　堤

一段千年前的堤坝

阻成了海上的秦岭山脉

暖湿的气流

无法翻越

雾霭朦胧

记忆里的影子

从唐诗宋词中

延伸了我的视线

潮水沉默了

那组美丽的浪花

还在心灵的自留地里

痴痴守候梦的发芽

明月几时有

在文物的展厅里

摆放着

一节千年前的情感

小楼夜雨

昨夜西风
告诉了我行程的日期
今朝曙色
昭示了我迢遥的路途
跋涉了几十年
却始终找不到自身的方位

一路奔波
最难忘怀的
还是江南小楼的夜雨
丝丝入扣
拴住旅人的全部心情

春江水动岸边人
一缕思绪从岸上跌落
卷起一朵小小的浪花
旋即消失得无影无踪

珍　藏

时间锈住了
门上的那把锁
记忆从蛛网中
筛漏出往事悠悠

那件情感烧烤的珍品
时时在触摸心灵
有谁知道落地的声响
迸溅的波涛

爱在深处埋藏
不忍曝光
一个圆满的悲剧
倒地自流

夜色如水
后院里纳凉依旧

夜　宵

（一）

错过了天堂的盛宴
饥饿紧紧地贴住我的心壁
忍着沙漠
挪着铅步
渴望远方润肺的清饮
梦幻桌上扑鼻的余香

樟树边的时空小站
寄居着晚归的游灵
时断时续的梦魇
彻夜难眠
一碗颐人的清汤面
最先闪动出解围的身姿

忍不住味的诱惑
丝丝悪在升腾中招引
为了让天空中的翅膀
裸呈一段优美的弧线

平躺的陀螺
还是难以阻挡
一坛封尘的勇气
不由自主
颤动地
扣响了夜的心扉

沿街的马路
依旧散落徘徊的汗滴
那撩人的道道佳肴
仍然勾起温馨的嗅觉

夜幕下的蓝水湾
霓虹灯在演绎着童话
一席珍馐
回旋着饥肠的悠悠往事
一江清雅
陶冶着深秋的满腔热忱
未经弥久的文火煎熬
那得现成的诱人香味
不必举箸
肺腑就已醺然入醉

天幕地席
二十年铺就
几杯清语
让肠胃欲罢不能

一顿夜宵
让欲望无限延伸

（二）

企盼长出了一对翅膀
扇动无穷的奢念
时空在反刍中
印记了那个镶着花边的日子

本想在饥饿侵袭之前预约
却正好碰上传统的用餐时间
翻开阴阳日历
今夜可能打烊

一盒失时的菜花
无法表达热情
一碟序幕冷盘
早已触动压抑的神经

那晚醉后留香
袅袅绕绕
还没经过筛洗
就成了诗歌

江月夜秋
再次吊起我的胃口
一丝欲罢还休的涎水
一垂垂到天明

寻

干枯的河床
慢慢撕裂旅人的心情
心中的殿堂
朝着铅步敞开

跋涉了千里
远行的抉择
牵动着蹒跚的步履
虔诚的足迹
寻觅多时的蓬莱
闪着玄光
迷雾褪尽了
梦的怀抱

曾经扣过另一扇绛色的窗扉
披金的门人
仗着一层虚浮的荣光
以及一瓢冰冷的寒水
冻懵
一组萌芽的幻想

茫茫的旷野上
朝圣者的脊背
始终驮着一个解渴的梦巢
迈向远方

榕树魂

——纪念高亮生先生

笑傲三九
冷对酷暑
片片绿叶漫向天空
或庇荫
或济民
站成榕城标识

一簇簇根须深入泥土
一团团热情触摸民心
即便艰难与困苦
也要高昂起顽强的头颅
亮出生命的底色
即便身处底层
也要向天呼吁
农人失地的疾苦

依旧是一幅吟咏的彩图
哪怕富饶的大地不容
也要借助天使的翅膀
在悬崖、峭壁

屋顶、墙角

或哪棵树的节骨眼

纵使没有温情的怀抱

没有梦幻的摇篮曲

也要努力寻一处缝隙

把根扎进艰辛

吮吸坎坷的乳汁

既然是一棵蓬勃的生命

就要活出一生别样的灿烂

就这样挺立天地

就这样点缀人间

即便灾难降临

也要把精神永驻

母　亲

芦花带着游子哪怕浪迹天涯
心始终牵系养育自己的家园

三十年过去了

梦里依稀浮现您慈祥的笑容
襁褓中孕育的渴望萌芽了
聚少离多的依恋
那堆不眠的成长记忆
风干了滚烫的液体

为了挑起生活的重担
您瘦弱的肩膀垒高了扁担的厚度
辛勤的耕作终于换回满仓的欢欣
我们深情地和土地一起感念春夏秋冬
只有播撒辛劳的汗水
才能获取丰硕的果实

您耙犁的姿势
是一首立体的唐宋诗词
在希望的田野上谱写了春天的礼赞

您插秧的倒影
是一幅流动的水墨彩图
在余晖的衬托下深沉了大地的写意

干旱困难时期
饥饿犹如壁虎一样紧贴您的腹部
一条裤带勒紧的沟壑
深深的像黄河谷

一场春雨浇醒了荒芜大地
万物迎着久违的甘霖解颐
村前千年的石板路
惊讶于从未闻过的马达声响
就连池塘里不谙世事的青蛙
也齐声鸣唱日子的滋润甘甜

木棉私语

节气庆丰争荣日
欢呼贺岁咏景时
心系九霄星际图
身怀三月盼花开

仰望太空
心中的宗旨
宛若罗丹画笔下的思想者
飘飘洒洒
思絮漫天飞扬
抖一抖就浸淫了半个春天

盼望有一个特殊的舞台
以风者角色
和橡树一起参建未来
根系纵横交错
是非曲直
任由他人评说

遥远的地平线
刻画着崇尚的腾图
在寒冷的夜里
只有裹实了自己
压紧了信念
才能温暖他人

安插一双智慧的翅膀
披上一层和暖的新衣
在热闹的数字峰会
放飞自我
在大自然的广阔天地
翱翔蓝天

梦里开花

沉睡许久了
揉揉迷蒙的双眼
九点半
朝北的窗户突然挤进了一缕月光
唤醒了三十五年来美好记忆

抬头凝望
太空里群星闪烁
欢声笑语和睦相处
认真地遵循着既定的宇宙法则
在秩序安然的天庭中
有耀眼的流星划过
优美的弧线织就彩图
微弱的光芒描绘华章
我抿嘴一笑

寒冷的节气
我裹着一团厚厚的思绪
心中点燃一把庆祝的火苗
在热闹的榕城之夜

安眠

不留下一丝痕迹

据气象云图观测

明天依然是晒被的好日子

温泉公园之歌

多少次与你擦身而过
心里总会浅唱一曲甜蜜的歌
你精细的雕琢
曾经是我市封面的衬托
早想为你描摹
可太阳迟迟不肯下落
很想当面对你吟哦
只是因为无形的枷锁
阻燃心中的烈火
一任岁月蹉跎……
你本应属于大伙
我再也不能那样着魔
你本应属于大伙
我再也不能那样着魔

多少次与你擦身而过
心底总会激起一层涌动的波
仅你那一段婆娑
就值得我一生探索
其实占有也是一种过错

只要你我

卸下心灵的一切负荷

始终保持一种沉默

平平常常的生活

多增加一些超脱

感情的河

无须诉说

感情的河

无须诉说

漂流瓶

（一）
——写在香港回归十周年

世纪反复交替

汪洋的大海

不会沉默

南来北往的心情

一阵飓风

打湿了赶海人的无限向往

一只祖传的御制花雕

随着波浪

远离香江沉浮

漂泊百年

撞击千回

心中深藏的秘密

隐约着闪光的颗粒

苦涩的海水

倍增了情感的咸度

在红香炉里翻滚
在地底层中磨炼
翘首望天
只有咫尺之遥

又一阵风走过
岸边气定神闲的渔翁
宝贝地
捡起

天降甘霖
洗礼十载
天地庙前崇仰的目光
牵连着发达的筋脉
风雨无阻
鼎盛不息

（二）

——写在澳门回归前夕

是谁把我遗弃在大海
无助的我摸索了很久
眩目的星空
未能找到一个定位的座标
激荡的潮水
也不能把我卷入可靠的岸边
那座若隐若现的灯塔

总是蒙上一层羞涩的面纱

无根的撞击
只能是凄清的流离
就这样漂泊了几百年
忐忑的心
始终找不到归乡的路

世事沧桑
我的命运如同一条缰索
一边连着大海
一边连着岸上人的呼唤

苦涩的海水
早已浸入我的血脉
黎明的曙光
告诉我最后的归期

岸的影子隐隐约约
沙滩上几乎见不到沙子
潮声沸腾了
拾贝人的心情激动不已

穿过时空的经纬
收回朦胧的视线
我把世纪末的巨浪
当作上岸的天梯

白衣天使

（一）

自从穿上了一袭白衣
我们就与天使站在一起
脸上挂着温柔的微笑
手中握着坚韧的利剑
一边抚慰着患者创伤的心灵
一边向邪恶的病魔开战

那一身飘然的白衣
闪着烈焰般的光芒
不管白天还是黑夜
都让死神望而却步

希波克拉底的誓言
早已深深印记
南丁格尔的崇高形象
也已沉入心底
救死扶伤是宗旨
纯洁忠贞是天职

从躯体的捍卫士
到灵魂的守护神
一身白衣
两袖正气

插上腾飞的翅膀
挂着众生的苦难
把人间的悲苦普渡
把美好的祝愿广播

（二）

记不清挂了多少点滴
也数不清病人的呻吟几多
一个个忙碌的身影
仿佛在与时间赛跑

揭开生命之痂
狙击病魔去路
我们扇动天使的翅膀
驱逐邪恶的细胞

失却南柯酣梦
换回患者康健
我们无怨无悔
唯愿在人间
以白衣天使的身份
书写一段美丽的传说

山沐风

我要告诉你我的追求

既然选择了目标

就要百折不挠

我要告诉你我的去向

既然选择了方位

就要义无反顾

跋涉在征途

是一次成长的历程

沐浴在山巅

是一种至高的境界

我的景致无须描绘

看园丁勤勉

山花烂漫

我的宗旨无须叙说

看芦花漫远

人物风流

我的精神无须

看三牧学子

非凡篇章

山沐风（歌词）

告诉你我为什么如此匆忙

既然选择了目标

就不怕任何困难

我知道前进的路上并不通畅

既然认定了方位

就要迎难而上

飞过了高山

我们用坚强磨砺着翅膀

征服了险滩

我们用汗水书写着勇敢

活跃的校风无须渲染

看芦花漫远

自由舒展

三牧的精神无比高尚

看先贤达人

济世安帮

告诉你我为什么如此坦荡

一旦树立了远大的理想

就要挺胸高昂

前方的路上充满酷暑严寒

一旦谱写了向上的旋律

就要凯歌高唱

跨过了标杆

我们在奋进中成长

超越了平凡

我们让人刮目相看

优美的景致不必夸张

看勤勉园丁

山花烂漫

过去的成绩不再标榜

看未来三牧

非凡篇章

心灵的家园

——浙江工商大学（杭州商学院）计 8405 班毕业 30 周年记

三十年来一瞬间
一眼枯竭多年的诗泉涌动了
一朵朵淡雅的水花
又虔诚地漫向您温暖的怀抱
啊，老师
鹤发童颜的老师
尘封的拙笔
无法描绘您慈祥的容颜
讲台前一帧帧熟悉的背影
仿佛印象着文艺复兴时期的画卷
课堂上吸附着和弦般的音阶
透过耳鼓
在湿润的眼眶里回旋
知识的涓涓细流
一直浸润着纯真质朴的心田

啊，母校
久别重逢的母校
食堂里飘香的狮子头
是否还惦记得游子当年垂涎的欲望

拥挤的图书馆

是否还珍藏着学子曾经拼搏的倩影

翠苑新村外的小道上

落日的余晖是否还那么迷人

田野里那株羞涩的小花

是否仍然隐含着绯红的脸庞

引诱回暖的春天

浸淫着母乳的知识摇篮

演绎着多少烂漫的悠悠往事

交替了世纪风雨

"诚毅勤朴"揉进了青春元素

世事沧桑了

您宽厚的胸怀

屹立百年

展尽风姿

您永远是天堂里的圣殿

令游子们神牵梦萦

父亲，我心中的太阳

山坡下的木棉
随着暖风四处散落
慈祥的心灵呼唤
飘向成长的摇篮

四十年风雨历程
间或浮现
漫山遍野的红色窑炉
闪动着您伟岸的身躯
一种纯真的渴望
在无数的锻炼中孕育着发芽
为了占领那片高地
即使栉风沐雨也在所不惜
您用那把黄色的沉重锤子
当作开天辟地的法宝

哪怕再大困难
您也不向命运低头
即便风吹雨打
也要站成一面鲜红的旗帜

新世纪的曙光
温暖了房前屋后的每一角落
太阳底下
我们兄弟般和睦相处
茁壮成长

九三九三

——庆祝九三学社福州市委会成立 30 周年

九三九三
一组简约的数字
仿佛是雨果的妙笔落入华章
我怀揣着虔诚品味
背后的深邃内涵

九三九三
一曲舞动的韵律
反复回旋着低吟浅唱
无须亮出激情澎湃
我们的信念揉进了土壤

九三九三
三十年的根系蓬勃着
绿荫下的榕城坦荡
吮吸着和风细雨
满眼尽显生机盎然

九三九三
两个精灵般的音符
魂牵梦萦永不散
民主和科学的旗帜高昂飘扬
那是朝圣者心目中的殿堂

第二辑　悠闲时光

鼠

（十二生肖之一）

他对老字号的东西都敬畏三分，比如老鼠、老虎、老鹰，还有老婆。他为自己的属相是鼠而自喜。十二生肖中老鼠竟能走在牛的前面而坐上第一把交椅，这与它的聪明、机灵不无关系，而它的死对头猫，居然在生肖中连名次都排不上，不能不成为鼠辈的笑谈。除了生肖为大，连鼠子鼠孙都称"老"，能和"老"字沾点边，在动物中多少可以占点便宜。

他是头头，由于属相是鼠，又对老鼠近乎迷信的崇拜，有人便投其所好，在他生日的时候就送给一个金制的鼠笼，鼠笼里囚着一只活泼可爱的小白鼠。他把小白鼠放在客厅显眼的位置。由于位高权重，前来求情者络绎不绝，而来者少有空手的。小白鼠跟着他吃香的，喝辣的，享尽了荣华富贵。美中不足是活动空间太小了。

一天夜里，他在睡梦中迷迷糊糊地听到了小白鼠说话的声音。他感到奇怪，以为是错觉，翻过身又睡着了。不一会儿，那声音又传过来。这时他隐约听到了：若要自由，不得揩油，若要揩油，不得自由。一连几天，这种声音重复出现，害得他夜不能寐，头昏脑涨。经过一番痛苦的决定，他不得不把小白鼠放生了。

小白鼠一逃出金制的鼠笼，就直奔大街，外面的世界真精彩。虽然吃的东西粗一点，但自由自在，无拘无束，很快就找到了生肖中老大的感觉。小白鼠吹着口哨，一路横冲直撞，使得路人退避三分。"过街老鼠，人人喊打"的时代已经过去了，我老鼠也是上帝的宝贝，在这个世界上，既然人类无法把我辈消灭，那么就应该和睦相处，把我们列为"四害"之一，那是人类对动物的歧视。至于那该死的狗，真是多管闲事，社会上那么多不平的事不去管管，偏偏要来咬我们干什么？想着想着，小白鼠一不小心，就撞上了正在巡逻的黑猫警长。仇人相见，分外眼红。黑猫二话不说，就把小白鼠逮住了。得来全不费工夫，一顿美味夜宵总算有了着落。黑猫警长垂涎三尺，正想该从何处入口时，小白鼠急中生智，故意颤动着娇小的身躯，对黑猫说："猫大哥，你想不想最后听我讲一些人间秘事。"小白鼠一边拖延着时间，尽量把话题撑得远一点，一边想着如何逃生。黑猫想，这小白鼠临终前还有这心思，反正跑不了，就耐着性子听它说下去。当黑猫觉得人间也有一只硕鼠时，就立即向总部作了详细的汇报。上报之后，黑猫想，如果现在就把小白鼠吃掉，好像有点欠了它似的，至少在临吃之前也给它讲一个关于瞎猫碰上死老鼠的故事，好让它死得踏实，死得瞑目，丝毫不觉得冤。

原来猫的体内有一种特殊的物质，这种物质能自行合成一种名为牛黄酸的物质，而牛黄酸正是提高高级哺乳动物夜间视觉能力的化学物质。偏偏猫本身不能合成牛黄酸，所以夜视能力极差，几乎伸腿不见爪。有次刚好踩到一只死老鼠，就把它吞了下去，刹那间，眼前一片光明。从此以后，瞎猫不再瞎了，它夜间也可四处活动，饿了就抓老鼠充饥。鼠肉便成为猫的首选食物。于是，代代延续下去：若要生存，就得去捉老鼠。这就是为什么猫喜欢吃老鼠的缘故。

小白鼠听罢故事，黯然伤神，看来这回真的死定了。不过在临死前，它还是斗胆地向黑猫提出一个请求，能否让它最后饱腹一餐。鼠之将死，其言也哀。黑猫从人道主义出发，答应了小白鼠的合理要求。于是，小白鼠熟门熟路直奔他家。黑猫紧追其后。当它看到小白鼠从他家的窗户爬进去时，就放心地守候在周围。

黑猫等呀等，肚子叽哩咕噜地乱叫着，却始终等不到小白鼠可爱的身影。

牛

（十二生肖之二）

山坡上的小草不时地对牛招手，在夕阳余晖的照耀下，闪着金色的光芒。

接近黄昏，牛身上的犁耙还没有卸掉，看来今天又得披星戴月了。农忙时节，谁都不敢偷懒。由于祖辈对土地的眷恋，所以没有挪开土地一步。世纪已经更替，而天还是那样的天，地还是那样的地，农民的锅里还是那样稀的稻谷和玉米。永远也改变不了命运，牛不但为自己及同伴感到悲哀，也为农民兄弟感到悲哀。此时今日，外面的世界到底发生了什么？牛真想出去走走。但要是真走了又担心，偌大的一片地，靠谁来松土，靠谁来平整呢？如果不走，那只得永远地扎根这里，直到地老天荒……

牛最后还是咬了咬牙，看了一眼生它养它的土地，作出了一生中最重大的决定：出走。

一路崎岖，虽然山坡上有无数的鲜花和嫩草，可牛实在无心欣赏，只好把它当作饲料放进肚囊。饥不择食，此时那有闲功夫去品尝呢？

走走停停看看，牛惊讶于社会的变化，城乡的巨大反差，本以为可以找一两个同类调查一下当地的状况，可连影子也没看到。耕田不用犁，这可是稀罕事，要是说给乡亲们听，保管他们不相信。于是，牛把自己在路上的所见所闻详细地作了笔记，日后再好好地告诉父老乡亲。

走呀走，有一天，牛走到了某证券公司的门口，看到人们进进出出，好生奇怪，一向低迷的股市，随着牛的出现，一下子就见红。牛看了两眼，什么也看不懂，就出来了。而大盘在牛转身的瞬间又旋即变绿了。起初人们还不以为然，突然有人大喊一声："牛！"这一喊非同小可，股指马上又飙红了。这一奇怪的现象让在场的人激动不已。于是不约而同，大胆买进，果然，股指节节升高。

于是，人们奔走相告，一传十，十传百，把牛敬为神，每天除了嫩草、饲料，还有牛奶、豆浆，虔诚的人们在周围还放了许多现钞，十元百元的都有。每天朝圣的人络绎不绝，有的伸手在牛身上摸摸，想沾点牛气，更有甚者，把牛的大小便也引为宝。牛一生从未享受如此高的礼遇，真有点飘飘欲仙了。只要你不动声色，就有人把你视若神明。牛自知这样的境况维持不了多久，但也不一定马上就走，既然有人供养，那就让他们供吧。心中一旦没了信念，生活便会黯淡无光。再说了，眼下的股市正是"祖国山河一片红"的时候，这时候离开，于情于理都说不过去。

几个星期过去了，证券营业厅里的人越挤越多，牛在想，我何不以我的名义去重组一家公司，这样我就可以当老总，也不要整天站在门口让这个摸摸，那个拍拍，滋味也不好受。于是，说干就干。果然，经过牛重组的那家公司一上市，追捧的人有增无减，接连创出历史新高。牛想，见好就收，该是时候了，爬得高，跌得重，在与土地的长期交往中，自己深有体会。于是，牛果断地抛出手中所有的股票，次日天刚蒙蒙亮，就悄悄地离开了。

到底要去哪里呢？牛心里没底。在过厌了纸醉金迷的生活后，牛并没有觉得有多幸福。牛觉得自己不能为钱所累，活着，

第二辑 悠闲时光

233

真正需要的只是一口草料而已。明白了这个道理之后，牛就把所有的钱全部拿出来，买了成套的机器设备，把整个村庄彻底武装起来。不久，那村庄摆脱了贫困，人们逐渐走上致富之路。而牛因为不需要耕地，走出田间，吃在山坡，住在山里，过着逍遥的云游生活。

有天夜里，突然一声沉重的闷响，划破了宁静的夜空，惊醒了沉睡的大地，在村口的西边，那牛倒下去了，几经挣扎，再也站不起来。

虎

（十二生肖之三）

自从造物造出老虎以来，它在动物界就有很高的地位，虽不敢说称霸世界，但至少有相当一部分动物是俯首称臣，甘拜下风。在二三里之外，只要听到那一声虎啸，多少动物不是闻风丧胆，夺路而逃？能保住一条小命就很不错，要是不小心落到它的爪子底下，难说能确保一副完整的骨头。聪明的狐狸曾经利用了虎的威风在动物界里作威作福，风光了好长的一段时间，让多少动物嫉妒得要死。按理说，造物主对老虎不薄，论体型有体型，说速度有速度，要气质有气质，还有那眼神、声音、容貌，从上到下，整个儿就是一副王者之相。除了虎，还有谁敢在山里称大王？当然，落到平原那就另当别论。老虎对自己的处境还很满足，在自然界里，除了自身的生老病死之外，几乎还没有什么对手，只要一开口，想吃谁就吃谁。

若干年过去了，世界发生了很大的变化，其中变化最大的要数猴子家族。猴群当中有一支从树上迁徙下来，前肢则变得越来越灵活，完全不用着地，并能制造许多工具。后肢则变得粗壮，可以撑起整个身躯。对于猴群中的变化，老虎起初还不以为然，猴子再变也变不出什么名堂来，充其量也只是为了生计而多想得到一点食物罢了。当初如果不是因为那小子长期待在树上，俺早就把它给收拾掉。好了，现在机会来了。老虎想。

在猴子进化到人之前，猴子与老虎还相安无事。可自从猴子变成直立的人之后，情况就悄悄发生了一些变化。原来猴子大都是吃一些瓜果树皮草根，自从尝到鲜美的动物肉之后，生活就变得有滋有味。

又若干年过去了，有一次老虎不经意间看到直立的猴群围着山羊大快朵颐时，才大吃一惊。山羊可是自己的美味佳肴啊！它们今天吃了山羊，明天说不定俺虎哥也成了它的盘中餐。这一惊非同小可，老虎身上的傲气被吓掉了一半。怎么办？今后要是再遇到猴子，特别是直立的那类，决不爪下留情，格杀勿论。"卧榻之旁岂容他人酣睡"，居然敢侵犯我的地盘，动摇我的位置。

在老虎与人的长期较量中，人的伤亡不计其数。除了武二郎，咱曾怕过谁？说实在的，那天要不是他喝醉了酒，长了豹胆，增了猛力，谅他也不敢轻易过岗。

转眼就到二十一世纪，老虎的数量急剧减少，已被列为世界的濒危动物之一。吾辈真是太不争气了，除了动物园、马戏团、自然保护区之外，在哪里还能生存？昔日王者今日囚，如今却成了猴子猴孙的玩偶，可悲啊。那一啸千里，气吞山河的气概哪里去了呢？自从地球有了虎以来，我们曾受过谁的保护？多少动物在我的爪子底下屈地求饶！往事不堪回首。

如今人类统治着世界，可人类到底能统治多久呢？曾经称霸地球几亿年的恐龙最终不也灭绝了吗？老虎想到这，不得不对自己及同类今后的命运担忧。人为什么能统治世界，不就是因为造物的偏袒给他们点智慧吗？造物主在这点上就不够公平，在进化过程中，我们没少努力过，可就是比猴子慢几步，不但没进化聪明一点，反而还有可能退化，连原先的本性也泯灭了。想到这，老虎就有点伤心，如今要是能有一对翅膀也不错，这样，人类就不必再花那么大力气保护我们了。为了试探一下人类的真心，老虎就去打报告，想通过聪明的人类向造物主说说情。

人类看完了老虎的报告后，就把它扔到一边去。真是开玩笑，能把你老虎列为保护对象已经是对你的照顾，给你很大的面子了，想从我这里走后门向造物主申请一对翅膀，做梦去吧。就是因为你老虎太厉害了，我们才差点把你断子绝孙，等你老虎有了翅膀，还能把我们人类放在眼里吗？

过了很久，老虎看人类无动于衷，很想打听一下消息，可欲言又止，这可是一个改变命运的问题。要是我辈真能飞上天，他人类还能主宰世界么？想到此，老虎就有点泄气，认命吧，造物主如此安排，自有它的道理。但对人类的智慧，老虎仍然很感兴趣，一个偶然的机会，老虎终于可以更接近地了解人类。

有一天，老虎从农舍里叼走了一个无人照料的小孩，并像哺育自己的后代一样哺育他成长。几年后，他的言行举止跟老虎没什么两样。老虎感到纳闷，一到虎群，人的智慧跑到哪里去了呢？

又过去了几年，一队科学家无意间发现了这个虎孩，并把他带到研究所研究。过了很长一段时间，那虎孩在差不多已恢复了人的本性之后，却忧郁而死。科学家们努力地寻找他的死因，竟查不出一点结果。

兔

（十二生肖之四）

话说战国时宋国有个农民，一次偶然的机会看到一只兔子撞到树桩上，他走过去一瞧，那兔子头破血流，脚蹬了两下就再也不能动弹了。那农民喜出望外，随手就把它拎回去，高兴得几天都没睡好觉。

从此以后，那农民每天有事没事就往那树桩附近逛逛，希望还能得到同样的惊喜。三天过去了，果然又有一只兔子撞晕在那棵树上，农民眼疾手快，还没等兔子回过神来，就一手把它逮住。农民吹着口哨，哼着小调，一路小跑回家。妻儿老小，欢天喜地，围着美味大快朵颐，比过年还要开心。

过了一段时间，让农民料想不到的事又发生了，有只兔子居然还撞在那棵树上。他再次捡到了便宜。农民手里提着兔子，心里一直纳闷，这三只兔子难道都是瞎子不成？可不对呀，据他观察，兔子的眼睛好好的，该红的红，该黑的黑，并没有什么异常。是他的运气特别好，还是那棵树有某种神秘的力量？种种谜团像落在农民心海里的石子，扩散一圈又一圈涟漪。

农民在树林里连得三兔的消息不胫而走，很快就传遍了整个村庄。乡亲们围着他追根刨底，不问出个所以然来就决不罢休。他走到哪里就有人跟到哪里。农民没办法，最后只得把来龙去脉如实禀告。众人也觉得奇怪。于是就有人暗中跟踪他，说不定也能碰到撞晕的野猪山羊等。可跟了几天，不要说走兽，连飞禽也没看到。在确定那农民真的没有什么法术的前提下，众人就把目光转向那棵树。究竟是什么魔力，一而再，再而三地把活蹦乱跳的兔子吸引了过来？

于是，全村男女老少，不约而同地绕着那棵树转来转去，有的人干脆就在树旁搭个简易的小木屋，插上香烛，顶礼膜拜。除了本村，外乡人也结伴而来，只要看一看，摸一摸，拜一拜，心里也会踏实一点，即使什么动物也没得到。那棵树的香火一直很旺盛，最多时周围吸引住了数百人，不管是兔，还是豺狼虎豹，飞鸟走蛇，皆在盼望乞求之中。愿望多了，胃口大了，许多人甚至把生老病死，盛衰福祸也牵引过来，求个明白。由于敬树求树的风气越演越烈，以至于田园大量荒废，庄稼逐年减产。

这种现象实在是兔子料想不到的事情。

原来第一只兔子有锻炼的习惯。那天风和日丽，四周草青木秀，环境优美，兔子沿着最近发现的新路奔跑如飞。正跑着，一不小心，就一头撞在树桩上，当场气绝身亡。亲属本想把它抬回去安葬，没想到有个农民刚好路过，并躬身拾起。它们合议过，不管是土葬还是口葬，反正已经死了，尸体也有归属，也就由他去罢。

第二只兔子身瘦智长，那天正闲着无事，就悠想开来：活着到底为了什么？难道就为了一口青草，几片嫩叶？除此之外，难道就不能拿小动物来裹腹？为什么有的动物既可吃荤又可茹素？既可上山又可下海？弱肉强食，适者生存，难道真的就没什么动物来主持公道？造物主这时在哪里？想着想着，突然间发现树林里有个人在溜达，一直困绕在心中的诸多问题这下终于可以向高智商的人类问个明白。于是，一个箭步往前冲。没想到，由于惯性太大，一时收不住脚，就撞到那棵树上。开始是昏迷，过了很久，感觉又掉进水里，好像有点烫，后来就完全失去了知觉。

再说第三只兔子，它同情人类苦难的生活，总想办法替他们排忧解难，可就是不知该从何处下手。当它看到有个人经常围着一棵树绕来绕去时，就觉得奇怪。后来经过打听，那家主人不爱劳作，穷得好几天都没揭开锅，整天抱着侥幸的心理，在树林里守候路过的兔子。可很长一段时间，连兔子的影子都没看到。兔子想，若再这样下去，可能会出人命，我若不去撞树，难道真要看到那家人饿死了不成？在这个世界上，没有人类可不行啊！于是，奋力往树上一撞，方圆几里都能听到响声。

后来，人与兔的故事传到天上，上帝实在不忍看到悲剧的延伸，于是就派玉兔亲自到地上探个究竟，并妥善处理。

一个月明星稀的晚上，突然一只灰白的兔子从天而降。树林里狂风大作，奇怪的是其他草木毫发无损，唯独农民痴痴守候的那棵树被连根拔起，轰然倒下。

龙

（十二生肖之五）

龙是十二生肖中唯一在现实生活中见不到的、最为神秘的动物，它仿佛是一股精气，永远地根植于国人的心中。唐代文学家韩愈在《龙说》里描写，"龙嘘气成云，云固弗灵于龙也。"《易·乾》里也说："云从龙，风从虎，圣人作而万物睹。"越是虚的，灵的，越显其神。而这种神秘的动物，也只有国人才对之情有独钟，厚爱有加。世界著名的《安徒生童话》《格林童话》以及《伊索寓言》里对很多动物赋予寓意，却很少对龙有过描述。这也难怪，只有中国的帝王才是真龙天子，中国的百姓才是龙的传人。

传说古时候有个帝王名叫孔甲，他是大禹的后代。孔甲好龙，比起叶公来，有过之而无不及。心中想的，口里说的，皆离不开龙，一切唯龙是举。由于爱龙成癖，于是就命宫廷画师画一条龙，以便能随身携带。而画师根本不知道龙是什么东西，不知从何处落笔，更无从画起。问工匠，工匠也不知，问众人，众人也茫然。最后画师不得不问皇上。孔甲其实也不知，但身为帝王，怎能轻易说个"不"字？于是随口说了一句，龙嘛，就是：牛头马面蛇身子，鸡爪鱼鳞虾尾巴。孔甲不愧为是天子，话音一落，天空中立马显现出一条真龙。中国历代帝王自喻为真龙天子，大概就是从孔甲开始的吧。

民间的百姓喜欢龙的，当推叶公。汉朝刘向《新序·杂事》里记载："叶公子高好龙，钩以写龙，凿以写龙，屋室雕文以写龙。于是天龙闻而下之，窥头于牖，施尾于堂。叶公见之，弃而还走，失其魂魄，五色无主。"君臣还是有别的，叶子高官只做到县尹，是他没有君王的气度和胆魄。所以，文章最后才会点出"是叶公非好龙也，好夫似龙而非龙者也"。要是真的把天下交给叶公这种人，我看他也治理不了几天。宰相肚里能撑船，帝王心里就应该能容纳整个大海。

在所有的动物中，与龙称得上朋友的首先是凤凰，单看成语龙飞凤舞、龙翰凤翼、龙蟠凤逸、龙跃凤鸣、龙争凤斗就知它俩的关系非同一般，可凤凰毕竟已经涅槃很久了。其次应该算是虎，龙争虎斗再也熟悉不过，还有什么龙潭虎穴、龙腾虎跃、龙骧虎步、龙骧虎视、龙行虎步、龙啸虎吟、龙睁虎眼，等等，不一而足。龙与虎这对冤家据说从当初争入属相开始就互不相让，闹得不可开交，最后被玉帝知道了。玉帝不忍心看它们斗得两败俱伤，于是判定"虎为山大王，龙为海中王"。龙与虎接到旨意，皆大欢喜，从此再也不争斗了。龙虎虽不相斗，但也并非事事如愿，看看"龙游浅水遭虾戏，虎落平阳被犬欺"就可窥见一斑。

不知是由于玉帝的偏心，还是龙有先天之福，许多年后，当龙看到陆地上虎被人类列为濒危动物时，不免思绪翻腾，感慨万千，连虎这样威猛的兄弟居然会被猴子的后代当作笼中物，世界变化真的很大，人心真的不可捉摸。要是当初和虎换个位置，不知自己现在的命运又会是如何呢！据推测，处于食物链顶端的虎已被人类逼向了绝路，人类会因失去对手而倍感不安。有了对手，可怕，没有了对手，可悲。而可悲的结果，就有可能自相残杀。到了那个时候，世界的末日也就不远了。

龙真的很想对人类说些什么，可又不知道该从何说起。你方唱罢我登场，谁都无法永久统治世界，上帝早就有了安排。早先统治地球的是庞大的恐龙，现在是人类，最后会不会是微小的生物？人类到底还能统治多久？智慧进化的过程，会不会加速灭亡？

　　为了拯救地球，在一个风雨交加的夜晚，龙从海上一跃而起，腾着云，驾着雾，顺着天梯，悄悄地来到了人间。突然，强光一闪，龙带着地球上最后一对男女，消失在茫茫的太空。

蛇

（十二生肖之六）

当耶和华知道是蛇引诱亚当和夏娃偷吃了智慧果后，就狠狠地处罚了它：一生只能用肚皮走路。说是处罚，其实也并不十分严重，上帝毕竟是仁慈的。再说，用肚皮走路也没什么不好，只要到达目的地，何必在乎用什么方式，即使用脚及翅膀又能怎么样？只有慢得像蜗牛乌龟一说，没听谁说慢得像蛇。要是哪一天有人学会了蛇的行走绝技，肯定能创下吉尼斯世界记录呢。正因为没有脚，所以就要走得比别的动物快，这是生存之道，也是立世之道。

蛇早就料到自己闯下了大祸，要不是当初自己多嘴，还不知道现在是谁统治这个世界。害得不知多少种动物对自己有意见，而人类中相当一部分对蛇的自作多情也颇有怨言，男人和女人的喜怒哀乐追根刨底跟蛇有直接的联系。于是，人与蛇之间自古就有了解不开的怨结。

东汉应劭《风俗通义·怪神》中记载，县令应彬请主簿杜宣饮酒，杜宣因看到酒杯中有墙上弓的影子在幻动，而以为是蛇在蠕动，结果大病一场，差点还丢了性命。杜宣的担心不是没有道理，从心底里他是害怕误吞了狡猾的蛇之后会结出恶毒的鬼胎——糅合女人分娩的疼痛及男人负重的双重痛苦。人心不古，现代的人豪饮蛇酒不知是为了报复，还是为了取乐？

上帝对于他的子民也都相对比较公平，既然处罚了蛇只能用肚皮走路，也是蛇罪有应得，但也给了蛇一些防身的要素，比如毒液。这毒液不但是为了预防其他动物的侵害，更主要是为了防止遭到人类的绝杀。上帝知道人类与蛇的恩怨已久，也知道蛇已不是偷吃了智慧果之后的人类的对手，所以暗中就助了蛇一臂之力。蛇毒的厉害可以从柳宗元的《捕蛇者说》记载中领教一二——"触草木尽死，以啮人，无御之者"，可以预见，谁要是不小心被那蛇咬了一口，就必死无疑。但是，人毕竟是人，吃了智慧之果的亚当和夏娃的后代究竟和爬行动物有着本质的区别。"然得而腊之以为饵，可以已大风、挛踠、瘘疠，去死肌，杀三虫。"巧妙地利用蛇毒的价值，也能让捕蛇人苟延残喘一些时日。"比吾乡邻之死，则已后矣，又安敢毒耶？"对捕蛇人来说，能与蛇打交道，也是一桩幸事，毕竟生活中比蛇更毒的东西还很多，不然他是不会冒着祖宗三代死于蛇口的危险而周旋于群蛇之间的。

《伊索寓言》里"农夫与蛇"的故事在全世界都已是脍炙人口，妇孺皆知。打那以后，蛇就背着沉重的十字架，几乎成为人类诅咒罪恶的代名词。人见之，不是避就是打，而且还要打在七寸的要命位置，生怕打不死反被咬一口。即便打不上，也要装腔作势，拿一长杆打打路边的草丛为自个儿壮胆。

其实，蛇被农夫救后亲了他一口，只是表示感激，它根本就没想到那轻轻的一吻会置农夫于死地。看来吻不是随便就能给人的。蛇知道自己罪孽深重，就想方设法地想给农夫的后代予以补偿。回到家后就拟定了帮扶计划。先是在农夫家附近大量繁殖，等子女长大后，就带着它们围绕着农夫家作出献身的暗示，并号召子孙后代敛起伤人的毒液。农夫的后人看到蛇之后，恨不得碎之万段，大快朵颐。于是把周围的蛇通通杀灭，从蛇身上抽取毒液，还办起蛇加工厂。后又开了家蛇餐馆，生意格外兴隆。若干年后，终至富甲一方，早已把祖先农夫的死忘得一干二净了。

有一天，上帝被人间的蛇味诱出了天庭，当他看到蛇馆前男人和女人在排队等候时，无奈地摇了摇头，微微地叹了一口气。

马

（十二生肖之七）

在水草丰美的广阔草原上，天蓝蓝，云白白，那马无拘无束地过着闲适的田园般的生活，自由地享受着大自然给予的绿色恩赐。要不是偶尔受到狮虎豺狼的追逐，那马可算得上是造物的宠儿，众生企羡的对象。

但自从与人类接触之后，那诗意般的生活便宣告结束。北朝民歌中记载，"敕勒川，阴山下，天似穹庐，笼盖四野，天苍苍，野茫茫，风吹草低见牛羊"，为什么只见牛羊不见马呢？这事还得从《淮南子·人间训》里说起。当时有个住在边塞的老人丢了一匹马。那匹马走入草原后就迷路了，哭得很伤心。那时那马正好路过，听到哭声，就循声而去。问清缘由之后，就跟着它一路寻找。靠近黄河的岸边，它们终于找到它的主人塞翁的家。塞翁的家人见到丢失的马不但跑回来，而且还捎回一匹骏马，非常高兴，尤其是他儿子，整天骑在那马的背上企图驯服它。他哪里知道那马"身在曹营心在汉"，只是不忍心离开他家的那匹母马，毕竟耳鬓厮磨久了，多少会磨点感情出来。在一次被他狠狠地拍了屁股之后，那马把他重重地摔在地上。这一摔就摔断了他的脚骨，他在床上整整呻吟了三年。后来这里发生了战争，村上青年男子都被征去打仗，那马只得留下来陪着他们父子俩。

他们家简直一贫如洗，有时上顿接不了下餐，长期处于半饥饿状态，自顾不暇，根本就管不了那马的饮食。不要说"一食或尽粟一石"，一天能有几口草料就不错了。就这样苟延残喘了几年，那马和他们家的母马差点就"骈死于槽枥之间"。

直到春秋秦穆公时，有了善于相马的孙阳出现，那马的生活才发生了一些变化。那孙阳就是世称的伯乐。伯乐发现了那马是世上难得的千里马，后来又经韩昌黎之笔一传播，那马就名噪一时，美名远扬。前来观看者络绎不绝，其中有以土地、田亩与塞翁交换的，也有以十匹换一匹的，更有以重金直接购买的，皆被塞翁一一回绝。别小看一个边塞老头，下下人自有上上智，他有自己的算盘。从当年他失马时发生的"塞翁失马，焉知非福"的感慨中就可知道他的智慧。他是想用那马来接种。"智者千虑，必有一失"，没想到，种还没接成，塞翁家有千里马的消息一下被齐桓公知道了。于是，一道圣旨下来，就把那马给征收了。害得塞翁家伤心了一阵子。好在塞翁彻悟得快，没几天就恢复了往日的平静。

公元前663年，齐桓公应燕国的求救，骑着那马出兵攻打燕国的山戎，国相管仲随同前往。车辚辚，马萧萧，战争血腥的场面令人难忘，更令马儿困惑，已经作为高等动物的人了，为什么还要自相残杀？回想草原悠闲的自由生活，该是多么令人神往。当齐军凯旋归来时，却在崇山峻岭的一个山谷里迷了路。当时情况非常危急，如果再找不到出路，大军就会困死。最后在管仲的提示下，让那马带头探路。大军随后跟着，最终走出困境。

转眼间就到了秦二世，当时宦官赵高毒死丞相李斯，登上了相位。为了试探众臣对他的态度，上朝时赵高故意牵着一只梅花鹿对秦二世说："这是臣找到的一匹千里马，今特意送给陛下。"秦二世当即笑出声来，说："这明明是鹿，怎么说成是马呢？"赵高脸不改色地说："这是马，不是鹿，不信陛下问问大臣。"大臣们面面相觑，其中相当一部分人竟也跟着说那鹿是马。那马听后，更是觉得人的社会怎么会这样荒唐透顶，人的心怎么会怀这样的鬼胎？自相勾心斗角也就罢了，还要挑拨离间，故意拉鹿马下水，唯恐天下不乱。其用心何等险恶！

为了摆脱高层之间的纷争，那马想了想，最终决定溜出皇宫。这一走不打紧，不但走到了民间，而且走到了现代。在某地举行的赛马会上，那马作为种子选手参加了比赛。这次赛马各匹所压的筹码都很重。比赛的指令枪一响，马儿一路狂奔，那马本也想用尽全力，拔个头彩，没想到快到终点时被一条无形的缰索绊倒了，最终失去夺冠的机会。后来那马才知道，那条缰索是用重金搓成的，由人暗中牵制着，绊到哪匹，哪匹就会摔倒。又是一起人为事件！那马真的不知该对人类说些什么，只得借用人们常说的一句话：马在江湖，也是身不由己。

又过了若干年，当那马实在跑不动时，人们代马向死神申请了死令：活埋。当那马知道了这个讯息时，露出了微微一笑。人啊，可怜的时候居多，可悲的时候在此就不说了。

在向死神报到的那天，上帝问了那马一句话：下世要投胎做什么？那马不假思索地回答：人头马。

羊

（十二生肖之八）

苍茫大地，风吹草底，一群羊儿徜徉在无边无际的绿色草原，漫不经心地啃着小草，悠闲而自在。这时，一队人马风尘仆仆，由远而近，为首的是一个名叫苏武的使者。这正是公元前100年苏武出使匈奴的事。

自从和谈失败后，匈奴就把苏武安顿在草原，让他整日与羊为伍。苏武郁闷时，就和羊谈心说话，羊儿也因此而交了人类第一个朋友。后来，双方和解了，苏武获得了自由。整整十九年，现在终于可以返乡了，却有点放心不下，我走了谁来放牧羊群呢？临走时，苏武恋恋不舍，于是向单于提出送几只朝夕相处的羊给他，单于同意苏武的请求。

两千年过去了，苏武的故事连同他带回来的羊已流落民间。由于羊儿繁殖得快，至今已遍布各地。为了进一步管好羊群，各地纷纷成立了牧羊局，下设办公室、人事科、宣传科、财务科、屠宰科、法规科、管理一科、管理二科、管理三科、收费科、评估科、计量科，还有小肥羊开发公司、绵羊发展公司、山羊饲养咨询公司等若干个二级分公司，人员数不胜数。由于经济效益好，牧羊局成为各地的一块肥肉，一时间，人们通过各种渠道，想方设法地想往里挤。

然而，三十年河东，三十年河西。因为过量放牧，严重破坏草皮植被，进而造成水土大量流失，影响生态环境，政府不得不下令控制羊群的数量。由于行政干预的措施及时有力，各地又掀起了轰轰烈烈的大杀羊群的高潮。有的地方甚至连小羊羔也不放过。羊儿顿时成为众矢之的，数量一下子缩成划破的轮胎，瘪了下去。而各地牧羊局的人员却仍然如鼓。牧羊局里大都是有脸面的人员，关系复杂，动谁都要再三斟酌，权衡考虑。由于机构庞大，改革势在必行，最后经过研究，决定抓阄轮流上岗。

面对如今这种局面，是羊儿万万想不到万万不想看到的。能为人类谋利益，应该是一种幸事。作为自然界里的一员，生物链中的一环，即使不被人大快朵颐，也会被老虎、狮子、狼等凶猛的动物当美食。反正是一死，能为智慧的动物献身，多少也是欣慰的事。再说，要是还能遇到苏武式的人物，那就更好，死前若能大彻大悟，死便没什么遗憾了，不是有人说过"朝闻道，夕死可矣"吗？只要牧羊局里还有人在岗，羊儿就不会离他而去。遗憾的是，有些人的幸福却挂在羊头上。想到这里，羊儿心里就不是滋味。人，毕竟是人啊。自身的生老病死，种群数量的控制，实在是难以把握的。人类的社会如此复杂，作为人，确实有他自己的苦衷。"前不见古人，后不见来者，念天地之悠悠，独怆然而涕下。"自汉唐至今，羊儿觉得只有陈子昂这首诗才最能表达目前自己的心情。苏武魂魄今安在？世逝时移，两千年长河，羊体仍旧，人心不古啊。

新千年来临了，苏武式的人物始终没有遇到，羊儿却碰到了徘徊在栅栏外的狼。一天，狼对羊儿说："羊小弟，你始终是我最亲密的朋友，我请你到外边去散散心如何？"羊儿回答道："狼大哥，谢谢你的好意，我想咱们还是保持一定距离的好，有什么话你就直说吧，不要躲躲藏藏，免得让人说闲话。"狼见软的不行，就露出狰狞的面目，威胁着羊说："你如果还不快点跟我走的话，末日马上就要来临。现在的人什么不敢往嘴里塞？什么动物不吃到精光灭绝而后快？据我推测，下一个灭绝的动物就是你们羊类了，不信，等着瞧吧。"羊儿听了，心里一阵震栗，狼说得不无道理，现在关于濒危动物的报道越来越多，下一个灭绝不知又会是谁呢？难道真的是羊吗？是狼的危言耸听，另有阴谋，还是……可转念又想，正因为如此，才更不能丢下人类不管，要拯救世界，首先要拯救人类，唤醒良知，一仆不能事二主，宁可拒绝了狼，也不能背人而去。

见软硬兼施都找不到突破口，狼只有铤而走险。入夜，狼装扮成牧羊犬悄悄潜入羊群，待到月高人寐之际再把羊儿拐走。眼见着羊的数量急剧下降，牧羊局上下居然无动于衷。最后，领导研究决定，干脆把剩下的羊分给职工，权当下岗补助。另外，把羊圈的篱笆拆了，留足建筑别墅的地外，多余的直接卖给外商建高尔夫球场。

天苍苍，野茫茫。

猴

（十二生肖之九）

为了摆脱监牢般的束缚，猴子可是绞尽脑汁。有天傍晚，它趁饲养员不注意时，悄悄地从栏杆里溜了出来，然后迅捷地逃离动物园，一转眼就不见了踪影。生命诚可贵，自由价最高，人间天堂随意逛，生活多么美好。

可好景不长，肚皮在晃悠中渐渐瘪了下去。吃的问题一旦被提到日程上来，生活便失去了许多乐趣。动物园里纵有千般不好，至少一日三餐还有人伺候。肚子一饿，什么想法都有。该怎么办？深山老林是再也不能回去的了，不但会被兄弟笑话，说实在的，是无法长期忍受那种半饥半饿的痛苦。对，得想想办法，最好得挣点钱，有了钱，便有了一切，不仅可以过起人类高尚的生活，还可在同伴面前炫耀一番。当然，这只是满足一时虚荣，最终的梦想，是在有土壤的地方全部种上果树、花草，打开一切栅栏，这样，不但可以解决人类的诸多问题，还可拯救整个动物世界……

猴子的美梦被饥饿的咕噜声撩醒，眼下解决肚子的问题比起拯救世界来说紧迫得多。不一会儿，它转到水果店门口，捡了几个烂苹果充充饥。吃的问题一解决，挣钱的念头又袭上心来，既然走出了禁锢，奔向了自由，就不能一直靠烂苹果来主宰生活，这年头找工确实不容易。猴子转了好几个地方，还是无功而返。

最可气的是去应聘那份门卫工作。听听那人怎么说，现在下岗人员这么多，连人都无法安排，还用得了你猴子，去，去，去。这是怎么话呀！哪个是好人，哪个是孬种，我一目了然，你辨认得清吗？你！没办法，人眼看猴低，只怪祖宗不争气。一路中走走想想，猴子不经意地上了天桥。有个儿童跪在路旁，头像捣葱似的点个不停。儿童身边有个破碗，碗里零星地散落些硬币、纸币。天桥上人来人往，居然没几个人往碗里施舍。猴子感到纳闷。"这年头，骗子太多，我昨天从报上看到，人贩子竟然利用拐卖来的失学儿童来骗取人们的同情。"原来如此！路人的一句话给猴子当头一棒。人类社会居然还有人做出这种缺德事。饿死事小，失节事大啊。猴子心潮起伏，夜不能寝。接下去的几天里，猴子一直在想，在当今物欲横流的人类社会里，人们到底还有多少良心？为了找到答案，猴子准备用十天时间做一次测试，作为一项研究人类的课题。

当天晚上，猴子迫不及待地溜回动物园，在猴舍旁捡了几个人们戏猴丢失的硬币，然后在垃圾箱里找到一个破碗。次日一早，猴子把盛着硬币的破碗放在另一座天桥上，站在远处观察人们面对无主破碗时所作的举动。天桥上熙熙攘攘，挡住了视线，猴子干脆到街上溜达去了。到了深夜，猴子折回天桥，碗里的钱明显比早上多了许多，倒出来数一数，总共是 15 元 8 角，扣除成本 3 元 6 角，净剩 12 元 2 角。猴子在当天的日记上写着：9 月 1 日，人类的良心是 12 元 2 角。次日，猴子如法炮制，到了晚上清点一下，不但有人民币，还有美元、欧元、日元等外币，折合成人民币，总共有 50 元 5 角。第三天，猴子咬一咬牙，往破碗里投了 10 元垫底，放长线，能否钓到大鱼？猴子有足够的耐心等待。到了晚上盘算时，猴子没想到，碗里的钱不但没有增加，居然还减少了 4 元 6 角。这一天，猴子这样写着：9 月 3 日，人类的良心为负 5.4 元。接下去的几天里，碗里的钱有增有减。到了第 10 天，猴子孤注一掷，把这几天来所获得的收入及本金全部投放进去，最后测试一下人类的良心到底值多少。

午夜的钟声敲响了，猴子的心忐忑不安，其实它并不在乎碗里还能剩下多少钱，取之于民，只要用之于难，本来就是它所愿。猴子心里明白，人类良心多少关系到整个世界的命运啊！

近了，再近了，猴子的眼睛有点模糊，破碗里空荡荡的，一个子儿也没有……

猴子的手颤抖得厉害，竟写不下一个字。

鸡

（十二生肖之十）

　　新年临近了。黄鼠狼觉得其他动物不一定要去给它拜年，而
鸡却不得不去。鸡可是我的衣食父母啊。可怎样才能接近鸡并给
它拜年呢？该死的人，说什么"黄鼠狼给鸡拜年，不怀好意"，
我跟鸡拜年关你什么事？真是"狗咬耗子多管闲事"。你倒好，
什么动物没吃过？难道就允许州官放火，不许百姓点灯？生物学
上不是明明写着"物竞天择，适者生存"这几个字？我现在能吃
到的动物还能有多少？

　　黄鼠狼憋了一肚子火，越想越气。终于有一天，它跑到上帝
那里告状去了。上帝听了它的哭诉，觉得黄鼠狼是受了委曲。于
是，上帝就立即召见了人。上帝说："人啊人，你不能用恶语伤
害黄鼠狼。黄鼠狼为什么就不能吃鸡呢？不怀好意的应该是你。"

　　得到了上帝的评判，黄鼠狼心理舒畅多了，走起路来也轻飘
起来。还是上帝公平，不然这黑锅不知还要背多久。道是通了，
可鸡经人这么一说，现在倒变得警觉了许多，稍有声息，就躲到
鸡栏里，硬是不敢出来，真拿它没办法。不，一定得想出办法。
现在能果腹的东西确实不多了。鸡的问题已是关系到生死存亡的
战略问题。得鸡者昌，失鸡者亡啊。

　　新年到了。黄鼠狼提着满满的一篮子稻谷、小麦、玉米、高
粱到鸡舍，可鸡一见到它，就一溜烟跑开了，甭想说句话，道个

喜。黄鼠狼无奈，只得把礼物放在鸡舍前，悻悻地离开了。黄鼠狼一走远，鸡就探出头来，看看黄鼠狼葫芦里到底卖的是哪帖膏药！哇，多好的东西！颗颗珍珠，粒粒饱满，金光闪闪，繁星点点，香气扑鼻，未食先醉。摆在鸡面前的一道难题是怎么处理它。鸡想，这黄鼠狼也真是怪，今年难道已放下屠刀，立地成佛了？还是要等喂肥了我再多吃点肉？抑或食物里有毒？不会吧，毒死了我，岂不败坏了它的胃口？管它呢！先尝一口再说。啊，味道不错，于是，一口接着一口，不一会儿，就把一整篮子食物吃个精光。

其实，黄鼠狼并不走远，而是躲在角落里观察鸡的动静。过了两个时辰，它耐着性子看到鸡把礼物全部吃掉。太好了，民以食为天，动物也不例外，食物的诱惑力还是巨大的。就怕你不吃，只要你尝到甜头，不怕你不上钩。黄鼠狼得出这样的结论。

第二天，黄鼠狼一大早就跑到鸡舍旁，见到鸡就嘘寒问暖。由于尝到了美味，鸡并不觉得黄鼠狼有多坏，于是试探性地与它应和了几声。一回生两回熟，在完全得到鸡的信任之后，黄鼠狼终于邀请鸡到家做客。看到鸡上门，黄鼠狼笑容可掬，看到鸡吃完了点心午饭，完全把它引为上宾。在送鸡回归的路上，黄鼠狼特意对鸡说："下次你可以把家眷一起带来。"小不忍则乱大谋，不能因小失大，因少失多啊。

新年过后，鸡又接到黄鼠狼的邀请。由于对黄鼠狼改变了看法，鸡这次完全放松了警惕，于是带着母鸡一起来到黄鼠狼处，准备再狠狠地撮它一顿。宾主落座不久，黄鼠狼就暗示弟兄，把里里外外严严实实地围了起来，最后露出狰狞的面目。鸡呀鸡，你可真是聪明一世，糊涂一时，天底下哪有免费的午餐。

遭此突变，鸡先是紧张，过后慢慢地镇静下来。不行，得想出办法逃出去。当黄鼠狼正准备开荤时，鸡对它说："鼠狼哥，你好，谢谢你的款待。夫人这几天肚子有点不舒服，我想可能是有了，你难道不想尝尝新鲜的鸡蛋吗?"黄鼠狼一听，有理。鸡是吃过，而蛋可是没尝过呀。想到这，黄鼠狼就强忍住垂涎，过几天等鸡生下蛋再吃也不迟。母鸡的肚子一天天大起来，走路有点不便，黄鼠狼渐渐地也就放松了监视。

有天傍晚，鸡公婆在散步时，一转眼就不见了。黄鼠狼找了半天，最后连鸡的影子也没看到。

狗

在猴子刚刚进化到猿人不久，动物世界的格局还未打破，老虎依然是兽中之王，而狼为了生存，还是那么团结，那么狡黠。后来，猿人又比兽类抢先一步，把支撑身躯的任务交给了后腿，直接腾出前爪。慢慢地，前爪进化成灵活的手，而后腿因为忍辱负重，腿负使命，于是就变得越来越粗壮。除了前爪后腿之外，最让猴子改变自身命运的是其脑部的成功进化，这为它日后成为世界霸主奠定了重要的基础。无论是过去还是现在，狼始终不明白，猴子当初是吃些什么东西，才使脑部发育得那么快？直到如今，竟然把"只要一声吼，地球也要抖三抖"的老虎关进了动物园，为了怕它灭绝，还假惺惺地列为一级保护对象?！狼心里多少有点不服气，造物主为什么就那么偏爱猴子呢？要是能开个动物大会，或者抽签定主，也不一定就能轮到猴子做庄。后来发生了一件事，还差点就改变了狼的命运。

有一天，猴子的后代——人，为了寻找食物，不小心落入了狼群。狼对人的祖宗本来就心存芥蒂，恨不得把人置之死地而后快。可转而又想，人好不容易落入我的掌心，吃之只能换来一顿短暂的美餐，若能慢慢靠近他，从他口中套出人类进化之谜，说不定日后咱狼也能统治世界。想到这，领头狼立即把吃人的念头打消。之后，便说服自己的弟弟与人套近乎。而人对狼这一伎俩刚开始还蒙在鼓里，接触一段时间后，才感到事态的严重。于是始终守口如瓶，丝毫不肯透露一丝信息。宁可玉碎，不可瓦全。

几年过后，领头狼不但没有获得想要的东西，弟弟竟跟人形影不离。它不但佩服人的睿智，而且还甘愿俯首称臣，早已把哥哥交给的重大使命抛到九霄云外去了。为了打消人心中的苦闷，狼弟经常陪人散心，有时还会跟监视的狼透露一些虚假的信息，以解除对人的戒心。有一天晚上，狼弟瞄准换哨的空隙，通过暗道，带人悄悄地离开了狼群。

人离开了狼群之后，对于解救他的狼弟自然存着一份感激，当食物有了剩余之后，也不会忘记给狼弟留下一份。渐渐地，那狼后来就被豢养成了狗。

被人供养起来的狗，对人自然是言听计从，服服帖帖，始终不离左右。人向东，它不敢往西，人说前进，它就决不能后退。久而久之，那狗慢慢地消褪了狼身上的血性。

人之初，生活并不十分富足。在一次外出寻找食物时，那人又一次不幸落入了狼窝，随行的还有那条如影随形的狗。领头狼看到那人有点眼熟，又仔细端详了那狗，居然是曾经带着人半夜叛逃的败类——弟弟。想当初，整个族群忍着饥饿从牙缝里挤出来的食物供着人，养了肥肥胖胖之后，不但没有捞到任何对我狼群进化的东西，还诱骗走了弟弟，真是气煞我也！这下好了，报仇的机会终于到了。

狗从哥哥领头狼的眼里看出了凶相。上次侥幸逃脱一回，这次看来再也难逃厄运。怎么办呢？一边是父老乡亲饥饿的肚皮，还有嗷嗷待哺的幼仔，一边是主人企盼的目光。自己死了倒无所谓，可要做到两全其美真是太难了。自古忠孝难两全，狗经受了从未有过的心灵煎熬。世界不能没有人，即便是暴君、昏君，都比无君强。即使人不统治世界，狼也没有这个资格。论智慧，有猴子狐狸排前，论体力，有狮子老虎挡道。再说，万一将来有一天，人要是对狼下毒手，那狼的整个种族岂不要遭到灭顶之灾吗？殊不知，人心难测啊！想到这利害的深层关系，狗冒着生命的危险向领首狼哥哥负荆请罪去了。领首狼召集族狼商议，觉得狗分析得有点道理，但还是不肯轻易放人，就此罢休，最后一致同意把人和狗折磨得半死，扔到野外，让他们自生自灭去吧。

总算人的命长，那人在狗的帮助下，走出了困境，最后回到了人间。命虽是捡回来了，那人却大病一场，整个人迷迷糊糊，始终处在狼的恐怖狰狞的幻影之中。狗始终陪伴在人的周围。说也奇怪，那人受到狼的惊吓之后，只要一看到狗，就大叫起来，身体缩成一团，那可怕的形景不断涌现，历历在目。

为了挽救那人奄奄一息的性命，众人觉得若是把狗给杀了，也许还能有一丝希望。正当众人磨刀霍霍之时，有人发现，狗已死在了后山。

田园边，荒原上，森林里不约而同地发出了悲鸣。

猪

（十二生肖之十二）

农夫家里养了一头猪。他每天割猪草，喂猪食，忙忙碌碌，由于过度操劳，身子显得很瘦小。几个月过去了，这头猪长得肥肥胖胖。农夫心里甭提有多高兴。

有天中午，猪突然停止了进食，横躺在泥地里硬是不起来。农夫感到很纳闷，平常这个时候它早就饿昏了，为什么今天就不吃了呢？是不是生病了？再过一段时间就是春节了。经过仔细的一番观察，农夫发觉猪的眼角边有些泪痕。到了晚上，猪的神情越发消沉黯淡。当农夫再次凑近猪时，它突然开口对农夫说："主人，谢谢你的养育之恩，我知道你对我好，可你终究还是要把我送到屠夫手里。不就是为了几个钱吗？我有办法。不如这样吧，我用身上的一斤肉换取你的一钱智商，如何？换多换少由你决定。这样，我就会变得聪明一点，不但可以当明星四处演出，给你挣更多的钱，而且你也会变得强壮一些，岂不两全其美？"农夫先是一愣，而后又觉得猪讲得很有道理。于是，他先试探性地用五钱的智商换取猪身上五斤的肉。换过之后，农夫仍然感到身体还是很单薄，而且猪的智商不够，表演缺乏热情，几乎没有什么人捧场，更不用说走红。于是，农夫又冒险地用十钱的智商换取猪身上十斤的肉。这样一来，猪的演出收入勉强可以维持生计。可是，十五斤的肉堆在他身上还是不够理想。再说，靠猪的表演收入离他的小康还远着呢。最后，农夫终于做出了一个贪婪的决定，用他五十钱的智商，换取猪身上五十斤的肉。这样，猪不但有精彩的表演，自己还有可观的收入，而且身体也会变得强壮魁梧，还可以当猪的保镖呢。主意一决定，马上就显灵。结果，猪变得苗条，聪明，漂亮，走到哪里都有人喝彩，受人追捧，请求签名留影的不计其数，演出场场爆满。

几个月过去了，猪春风得意，只需耍了个点子，就可享受人上人的待遇。智慧就是力量！"哼，谁说天下最蠢算我猪，明天保准你们叫我猪大叔！"功成名就之后，邀请函雪片般飞来，报告，演出，应接不暇。钱也挣了，众星拱月感也有了，山珍海味也吃腻了，原来大腹便便的福相又回到身上。哼，这才是我猪的生活！

久而久之，在享尽了世间人上人的荣华富贵之后，猪慢慢觉得还是原先的生活无忧无虑，来得悠闲。除了吃睡，还可以不顾形象，自由自在，毫无顾忌地在泥地里撒野，尽情地享受日光浴，三餐定时有人伺候，末了，还能真正地为人民服务一回。你给我多少，我还你多少，这才是生活的本义。来到世间，总有一死，无谓长短，只要心安理得，也不枉为此生。想到这，猪就有点后悔，既然糊涂了一世，何必还要聪明一时呢？也怪自己贪心，当初要是少换一点就好。于是，它就向农夫恳求：虽然我现在风光无限，可我还要向你谢恩，世间该享受的我几乎都享受了，我再也不要这智商了，我们再作一次交换，好吗？再说，我发胖如初，要杀要宰都由你。农夫说："猪兄弟，你别开玩笑了，我现在的生活比原来的好多了，不为吃穿发愁，跟着你吃香的，喝辣的，也出尽了风头。你如果还嫌不够的话，把我最后的一点智商都拿去好了。至于身上的肉，我现在一点也不缺。"

"人啊，人！"猪不由得发出了感慨。

临近春节的一天，猪不辞而别……

肚　皮

　　"七尺顽躯走世尘，十围便腹贮天真，此中空洞浑无物，何止容君数百人。"苏轼的豁达与幽默，咱只有羡慕的份，至于他的身材，也是英俊潇洒，恰到好处，没有哪一块肉是多余的。将军肚安在他的身上，也是协调有加。而真正空洞无物，徒有虚表的只是我的肚皮。

　　我肚皮的横截面与日俱增，无论是近看还是远看，总像五六个月的孕妇。结婚不久，我老婆的身材苗条依然，当时就有人谑称，该大的肚子不大，不该大的肚子倒是有增无减，并顺手一摸，以为能捞出油来。我辈不论是从身高还是体型来看，只能归于短小类。小则小矣，至少还可以与精悍沾边。可是，那浑圆的肚皮与身材实在不协调，好在老婆不嫌弃，间或可让一小部分少妇暗暗羡慕呢。

　　我肚皮的规模起始于两年前。因为丈母娘她老人家瘦小，因此很希望有个结实的女婿。据老婆说，她认识我之前曾结交一个朋友，其他条件尚可，唯一不足的就是身上的肉太少，刚领到家，就通不过她老人家那一关，于是不得不告吹。前车之鉴，看来没有一副结实的躯体还真不行。不说虎背熊腰，力大如牛，也得有模有样，不至于让人感到弱不禁风，列入电线杆、豆芽菜之流。于是制定种种方案，寻找突破口。肚皮无疑是整个身体是否肥胖的基础。基础打得牢，再高的大厦也能撑得起，何况是血肉之躯。于是家里剩余的饭菜都吃，多出的汤汁全喝，只要肚子里还有一点空隙，就决不让它荒着。日积月累，滴水尚可穿石，美味佳肴还怕撑不圆一个肚皮。如是者有年。肚皮果然不负我望，奠成一定规模，突兀兀地挂在腹部，十分醒目。可是，扎实的基础并没有撑起一副强壮的躯架。事与愿违，本想肚子圆了向四肢扩展，周围散开，让人望而却步，绕道而行。这下惨了，不但没有达到预期的目标，反而还落下被人抚摸的腹柄，让人占尽便宜。

《世说新语》里有一则故事，说三国江南人郝隆先生，偏于盛夏酷热的七月七日中午，露着肚皮仰面躺着，好奇者问之，答曰："我晒书。"郝隆先生满腹经纶，当然可以这样大言不惭。而吾辈肚子里装的是什么东西？伸出手自个儿摸一摸，"囊中存米清可数"。结过婚的男人，肚子如果没有长成一定规模，就要到他老婆身上寻找答案。饮食当然是主要的了，主渠道是嘴，一张嘴可以吃掉多少东西没有人会知道。君不见，嘴的旁边挂的是什么？耳朵。两个耳朵。夫人的话你敢不听？老婆的气你敢不受？你没看到婚床都配有两个床头柜。两个耳朵各在其位，各尽所能，双管齐下，归于一处，"海纳百川，有容乃大"。所有的功劳只能归功于一人——老婆。

肚皮圆了，腰杆粗了，确是一个好的现象，至少可以说明物质生活水平已上规模，上档次。不至于像过去吃不饱，穿不暖。记得 1976 年冬，我家那时刚盖好房子，全家老小节衣缩食，饭钵里能见度很高，几乎可看到底部。正长身体的我天天挨饿，日日饥馑，有时不得不到邻居家里吃一碗剩饭。剩饭的滋味永留齿间，以至于每次回老家时母亲总是问我爱吃什么，我总是回答：剩饭。而母亲那时的境遇就不同了，她宁可自己勒紧裤腰带，也要把东西留给我们吃。久而久之，母亲的腹部就留下了一道深深的痕迹，像黄河谷。

时过境迁，现在的日子不同于往日。生活好了，肚皮自然就鼓起来。君不见丞相肚里能撑船么？丞相如果饥肠辘辘，长久处于半饥饿状态，鸠形鹄面，能撑得了船吗？恐怕连一支桨都容纳不下。

肚皮大是大了，可惜还未归入胖子行列。胖的人有很多好处尚且不表，单看"胖"字的形状，就有文章可做。"胖"拆开来是半月，月半月胖，煞是好看。要是挂在柳梢头，那又是一番怎样的情景。再看看寺庙里常挂的一副盈联："大肚能容，容天下难容之事；开口常笑，笑世间可笑之人。"心宽体胖，皆大欢喜。

登齐云山

久仰齐云山，几次约友登之，未遂。悒悒沉沉，我辈岂能为山所折服？一日，百无聊赖，忽闪一念：登！

初，途适足，一气呵成。及腰，无路。刺旺草盛，犹豫不决。前有巍峨呼唤，上有闲云招引，七尺之躯安能废半途，为他人讥？又登，复困，裹足不前。烈日当空，汗流浃背，气喘吁吁。辛味已尝，云端几近，至于锻我筋骨，苦我心志，困我体肤，一切有血为证！忽见草丛凌乱，疑有野猪活动痕迹，再次彷徨。孤身一人，若遇不测，不划算。大丈夫能伸能屈，何苦惑于区区一事？何况汗已流，体也乏，于是，斩钉截铁：回！

至山脚，松涛阵阵，如韵如乐，天籁妙成，捉之，感之，醉之。后于林间采得松果若干，树枝三截野豆四，裹于衣，咏而归。

两棵树

岳母家新村前面本有两棵树。

那是前年，新村旁边马路拓宽，两旁也栽种了树，那天刚好下班回来，我费了不少口舌，说了不尽好话，才从民工那里求了两棵。次日，我特地交待岳母把它们栽种在楼房面向阳台的空地上，她点头应允。下班回来，两棵末端枝丫上点缀着星星幼芽的小树就展现在楼房前，楚楚动人。树刚入土的头几天里，生命奄奄一息，像动过移植手术的病人。当时几乎没有什么特别的呵护，唯一的护理只有给它们输液。由于恢复得快，它们就活了下来，用一片又一片嫩叶证明它们的生机与蓬勃。

夏天来了，树叶变得阔大茁壮，完全可与其他的树木相媲美。偶尔下一点星星小雨，在它们蔽荫的地方还能保持一些干燥，成为树底下小动物们临时的避雨场所。天气热的时候，邻居养的鸡鸭也会挤在它们底下乘凉，有时还会相互嬉戏，当然也忘不了留下一些随身携带的有机肥料作为回报。

两棵小树就这样生长着，直到有一天，树的上空笼罩着一团乌云。

四楼邻居是木工，经常在左边那棵树的上空搭盖帐篷加工家具。偌大的篷布往上一罩，顿时，天空没有了，太阳不见了，星星消失了。而横斜的枝丫，茂密的树叶，总归有点阻碍手中的器具。终于有一天，木工挥动利斧，从上到下对着小树修饰一番，剩下光溜溜的树干一棵，成为名副其实的光杆司令，正好顶住篷布的一端。可怜的小树遍体鳞伤。然而不出一周，在最顶端的节骨眼处，努力地吐露出一丝不易察觉的绿色微笑。生命出现了奇迹。当奇迹散发新清，再一次美化环境时，小树重复着艰难的成长历程。但好景不长，大约过了一个多月，木工最终还是把左边的那棵树连根拔起，弃之墙角。时间一天天过去，树干被一天天蒸发，所有生命迹象都暗淡下去。两周过后，住在五楼的邻居抱着一丝希望把它安顿在一个小小的瓷盆里。没想到，希望居然披着绿色再次发芽。直到如今，它仍靠着墙角，含着微笑，看风云变幻，冷暖人间。

右边的那棵虽然没有遭受被人剥削的痛楚，但活得也不轻松。正当左边的小树靠在屋檐底下与世无争的时候，右边的树正经历着几年来罕见的台风。街道上的树横七竖八，马路边的树东倒西歪。而右边的小树，正努力支撑着，树叶向上翻卷，只剩稀稀的几片。躯体已呈龙虾状，阵风刮过，斜度更低，好像街上弯腰的乞儿。看到这种情景，我就一阵阵揪心，生怕它把头瞌到地板上，再也挺不起腰杆。还好，台风几天就消失了，所有的惊恐也随之飘散。小树依旧承接雨露，拥抱阳光。树叶一片片地长，由乳白到嫩黄，由嫩黄到墨绿，层层叠叠，积累着厚厚的底蕴。还有那树枝，向东，向西，向南，向北，四面散开，积极向上，只要轻轻一跃，就可接近二楼阳台。月明星稀之夜，俯视它勃勃的身躯，愣愣的树叶，就会感到树的可亲可爱。再过若干年，待它壮年时，那时的树干，那时的枝叶，就可把阳台给拥抱了，足不出户，即有置身森林的感觉。要是再有一轮明月挂在树梢，嫦娥也会翩然走入梦乡……

这样想着想着，日子便随着树的成长而逐渐变得圆润丰满起来。

可万万想不到，有一天我下班回来的时候，右边的那棵竟被人从头锯断，不留一丝复活的痕迹，像是熟练的伐木工人所为。

几个月之后，我才得知，锯断树的不是别人，而是老婆她妈。

蚊 子

《辞海》云："蚊：昆虫纲，双翅目，最常见而与人类关系最大的为按蚊、库蚊、伊蚊三属。雌蚊吸血，雄蚊吸食花果液汁。"

蚊子看来也是比较大胆的动物之一，对于人类这样聪明智慧的东西都敢肆意侵犯。还好只有雌蚊才吸人的血液，如果雌雄并驾，里应外合，那就更奈它们不得。看着雄蚊那强壮的臂膀，像是钢丝制的吸血管，就足以令人毛骨悚然，要是轻描淡写地再往你身上一点，大概不出几秒，不用说纤纤玉指，就是虎背熊腰，也会旋即灿若桃花。看来雌蚊吸血也是迫不得已，繁殖重任在身，为了下一代的健康成长，丝毫不敢马虎，不然它哪敢轻易冒着生命的危险周旋于高等动物之间？

夏天的蚊子可谓无处不在，无时不有。门后桌下，越是阴暗的地方越多。它们特别猖獗，一不小心惊动了，便会一拥而上，像是在迎接一位盼望已久的要人，而后嗡嗡嘤嘤地哼，不和你亲热一番，决不罢休。白天还好，到了晚上，个个又都是激进分子，不约而同地纠集起来，兵分四路，随时都会向你发动进攻。它们像是训练有素的士兵，不时地运用迂回战术，绕着你躯体盘旋，佯装友好，而实际上是在作全面的实地考察，看到某个部位有可乘之隙，就当机立断，紧闭飞翅，宛若纳米直升机悄悄地着陆，而后又像神探一样伸出富有磁性的钻探器。起初你还不以为然，一会儿就觉得不对劲，再则做环身的扫视，果然，有一只蚊子舒展四肢，运足内气，对你做贴身功，肚皮沉甸得如同深红色橄榄。这时你若紧张过度，轻轻一抖，它就悠哉地离你而去，"嗡嗡"两声对你说声"拜拜"。碰到这种情况，即便是再心平气和的人也会怒从心中起，来一声"国骂"。如果你稍有经验，就会屏住呼吸，宁可再忍片刻委曲，而后干净利索地"啪"的一声，它就肝脑涂地，血浆四射，断子绝孙。报血海深仇，只争一瞬间。

蚊子吸血，一般不分男女老少，但据说对 A 血型的人特别感兴趣，不知是 A 血型人的血液容易吸取，别有滋味，还是他们身上的油水特多。我曾看到有人这样评论蚊子："一针见血，不管是局长还是主任都同样对待；大公无私，无论是阴暗部还是丑陋处都敢触及。"蚊子在这点上确实表现出大无畏的精神，倘若有点势利，则更会受到世人的诅咒。由此我想到，如果能对蚊子加以特殊训练，专叮那些以权谋私血液饱满的家伙，那才是大快人心。至于那些汗毛发达的人，确实少受许多苦楚，蚊子要叮要咬还得大费一番周折。一个如饥似渴的人要是在乱蓬蓬的大草原里寻找一点充饥解渴的食物容易么？何况是一只微乎其微的飞虫。倘若皮再厚一点，则蚊子真有点望肉兴叹，感叹世风不古，自认倒霉了。由此，我还真有点羡慕那些毛长皮厚的人，特别是在夏天蚊子猖狂的时候。

蚊子咬人也许还是比较文明的，它在叮人之前大都会发出"嘤嘤嗡嗡"的报警声。如果听到了，就随手把它驱开，或者干脆一手把它打死。你没有觉察，它以为你大发慈悲，立地成佛了。倘若它不声不响，见肉就咬，见人就叮，饱餐之后又让你不痛不痒，不知不觉，那才是惨事。由此我想起《卖柑者言》里的一段话。卖柑者笑曰："吾业是有年矣，吾赖是以食吾躯。……

世之为欺者不寡矣，而独我也乎？"蚊子与卖柑者的心态大概是一样的。其实，生活中真正可怕的还不是蚊子，而是那些"金玉其外，败絮其中"神不知鬼不觉地榨取你血汗的人。

俗语说夫唱妇随，雌蚊要是哪一天也能跟随雄蚊只吸食植物液汁，翩翩起舞于花果之间，双双展翅于蓝天之上，如蝶如莺如鹤，到时说不定还能成为人类咏哦的对象呢。

与人斗，其乐无穷

那人坐在办公室里，脚动了两下。过了一会儿，那人的脚又挪了挪，总觉得哪儿有点不对劲。起初是痒，确切地说，是痒痛交加，欲罢不能。苏轼说，忍痛易，忍痒难，大概就是被蚊子咬过之后的感悟。

正难忍之际，那蚊却展开轻盈的双翅，翩然飞舞，在那人的视线之内嘤嗡盘旋，宛如凯旋而来的纳米战机。吸则吸矣，玩则玩矣，饱餐之后，还要故意在人面前施展一下飞行绝技，好像那人天生就要受它欺负似的。忍痛易，忍痒难，忍辱更难。人的颜面何在？尊严何在？七尺之躯安能为雕虫所欺？

那蚊忘情于得意之间，那人再也忍不住了。一阵晴天霹雳，一掌泰山压顶，那蚊躲闪不及，瞬间就被打倒在地，肝脏破裂，迸出一滩殷红的血液。转眼之间就遭受如此厄运是那蚊万万难以料及的。没想到那人出手居然那么狠，那么准，从上到下千钧力，不死也断三根骨。悔不该那么贪婪，那么彻底。时光要是能倒流该多好，就在那人脚上搔搔痒，顺势轻吻一下，吸个七分饱，既有利于健身，万一被人发觉，也有利于脱生。留得青山在，还怕没柴烧。那蚊一路挣扎，一路思索。在与人周旋过程中，还未亲热就歌唱，看似有点浪漫，实是下策。黄鼠狼拜年的声音再甜，未必能感动得了聪明的鸡。切肤的体验过后再来一首欢乐曲，虽有点得胜回朝的快感，但却要冒很大的风险，偷袭忌声，好像兵书上有说。最好是吸了人家有营养的血液之后，让人麻木，痛痒全无，被榨被宰后还不知道是什么回事，那才是上策。

那蚊拖着伤残的下半身，咬着牙，努力地动了动尚未受损的翅膀，无奈，血肉模糊，与地面粘得太紧，暂时还无法脱身。一步，两步，三步，那蚊流尽了几乎从那人身上榨取的全部血液之后，顿觉有点轻松，并以顽强的毅力，把痛体挪动了五厘米。那蚊试着踮起脚跟，身体居然还能离地。接着活跃一下筋骨，跳动两下，算是试飞前的热身。只要还能飘然于空中，看你还能奈我何？大难不死，算是大幸。能在人的铁掌下脱生，蚊虫中有几个？能在肝脑涂地，粉身碎骨中以超人的意志走出困境，除了我还有谁！想着，想着，那蚊便觉得一阵欣慰，能死里逃生，意义决非寻常。那蚊在做最后的逃生准备。

就在那蚊展翅起飞的刹那，那人的一只大脚已经踩上了，为了避免再发生意外，接着用力在上面搓两下。那蚊随即体灭魂销，一命呜呼。解了心头之恨，那人脚上痛痒在不知不觉中失去了感觉。小小蚊虫居然如此欺人，这就是下场。其实，在那蚊身体与地面碰撞时，那人便一直观察它的动静。说句心理话，那人挺佩服那蚊超人的毅力，即便是人，也不定就能比那蚊顽强。如今，能敢与人公开较量的动物实在是凤毛麟角，蚊子算是其中一例，至于孰胜孰负，至今还没有定案。一个强大的对手是可怕的，而真的没有对手，那才是可悲的。

在当今的自然法则里，人是世界的主宰，而蚊子却说："要生存，就是要吸人的血。"

我的眼睛就是用来看的

二十多年前，一个星期日早上，我用自行车驮着 4 岁多的女儿到江滨公园玩，让她快活地找回自己的童话世界。

路边的玩具摊，琳琅满目。由于家里玩具很多，所以在与女儿"斗智斗勇"的反复较量下，我终于答应只给她买一件，但要她说出买的理由。通过仔细观察，并进行一番取舍之后，她终于选中了电动吹气泡泡。理由只有两个字：好玩。我问她好玩在哪里。她说，泡泡飞上天，像彩色的气球，很美丽。理由充足，我买。

付了钱之后，女儿甭提有多高兴，深一脚浅一脚地往前跑，一路喷洒瞬间的美丽。没过多久，女儿的兴致随着气泡的上升而下降。而后，她故意不跟我走大道，只身折向售货亭，这里瞧瞧，那里看看，我知道她又想要我买玩具了。

"我不会给你再买了，你看什么看？"那地方诱惑力太大了，我过去拉她一下，想把她的视线引开。"我的眼睛就是用来看的。"女儿翘着嘴，一脸的不屑。

我哑然。对呀，我怎能剥夺女儿看的权利呢！李白说过，"天生我材必有用"，眼睛不用来看东西，那还能用来干什么？眼睛就是用来观察世界，洞察人生的。女儿的意思很明确，钱在你口袋里，买不买随你，而眼睛长在我脸上，看看总可以吧。

对于一切美好的东西，不一定非要占为己有，只要眼中有它，心中惦记着它，就很满足。苏东坡曾经说过"江山风月，本无常主，闲者便是主人"。可爱的女儿，天真的一句答话，便道出了生活的真谛。

我的自行车

　　我的自行车虽只有五年车龄，看上去却像个半老头子，浑身上下，锈迹斑斑，车轮一动，"嘎"声雀起，气喘嘘嘘，丝毫没有一点青春气息。外胎按年，一年一换，内胎随季，一季一条。还有那个车垫，风吹雨打日晒，伤痕累累，一看就觉得碍眼，还有那个脚踏，一不小心掉了个螺丝，整个踏板就激动不已，有的目无组织，单个儿溜之大吉，牵一发动全身，最后只剩下光溜溜的铁轴儿在打转，旋成孤家寡人，一任同伴的讥讽。偶尔顺路，换个新的点缀点缀，一新一旧，一老一少，极不协调，过不了几天，旧踏板又重蹈覆辙。尤其是那把锁，弹簧早已失去弹性，钥匙对准锁孔，另一只手还要去"挑拨离间"，没有"咔嚓"一声的洒脱感，上面还要用一条橡皮筋吊牢，否则中途入寨，车仰人翻，那滋味可不好受。前几天，就连唯一光彩夺目的牌子，也不知去向。祸不单行，没办法。

　　然而，自行车还是我的好伴侣，五年风雨五年情，即使是敝帚还要珍惜，何况是一部金属运动制品呢。它曾载我上大街、走小巷、过胡同，市区的道路，几乎都有它的踪迹；城内的名胜，郊外的景点，也曾有它的身影。偶尔也带过人，车胎扁瘪，一起一伏，一幅吃苦耐劳的写真。一车负起两人重，不由得让我从心底里佩服。去书店，车一拉，一阵风即到；上市场，脚一横，一溜烟跑开。访亲会友，时刻不离左右。脚健不如它快，路长不在话下，或背日顶雨，或披星戴月，一路歌声，一路逍遥。车胎爆了、裂了，补一补，修一修，照样走南闯北。车锁固执，恰好可以防盗。踏板掉了随它去，又不碍事，不会耽误约会时间。灰溜溜、光秃秃的车垫，一目了然，在上百辆车中独具特色。

车如其人，我与车的比例很协调，是属于短小的那一类。记得购车整修时，特地吩咐师傅把车垫压到最低程度，因为当时我还不会上下车，看到俊男靓女左脚轻盈地蹬着踏板，右脚倏忽跨过车垫，蜻蜓点水般地划出一段优美弧线的那种洒脱，心里就羡慕得紧。而我，上车只得先跨后蹬，下去却要先刹车后着地，一副笨拙的样子。有时车刹不灵，难免会有一些影视里的惊险镜头，也会遇到一些横眉竖眼的。这种尴尬状，一踩就是两年，直到有次在等人时，不知不觉中启动了脚功，竟然学会了上下车，而且是前后上下，一套完整的漂亮动作，过后还特意在熟人面前炫耀一下。有时大道不走，偏要绕过重重路障，洋洋得意，顾盼自雄。从此，就不再羡慕他人的车技，胆子也变得越来越大了。而这一切，无不归功于我的自行车。如果没有它的密切配合，我这熊态不知还要持续多少年。

拥有一辆崭新的名牌车子，自然也有一番自豪感，它能给你赢得时间，显出气派，但同时，你要小心谨慎，"时时勤拂拭，莫使惹尘埃"，还要防盗，"君子"专门盯着这些"名门闺秀"。

我的车很一般，蓬头垢面，三四年不洗一次，烈日当空，让它日光浴；风雨交加，让它雨水浴。雨过天晴，去污除垢，竟也锃亮如新。然而，日积月累，总是锈多亮少。但少却也恰到好处，一次慢骑比赛中还得过奖，偶尔与他人亲密接触一下也不心疼，顶多只是一点皮外伤。借的人也日见稀少，旁人也不会认错。车依旧是我的，路也越来越宽，越走越顺了。

天阔漫漫，路远遥遥，车影不离身左右，铃声只在耳东西。一轮闲适，一轮自在，即便爆了胎也要把我引向远方，引向欢乐……

我在阳光下成长

我原本是毛竹根上的一个潜伏的胚芽，在母亲怀抱里睡了很久。在 21 世纪的某一天，翻开自然日历，顺着大地脉络，曾经记载我家族成长档案的《非凡十年》，择日公之于众。

9月3日　阴

深山老林。

周围雾气蒙蒙，一片昏暗，各种嘈杂的声音此起彼伏。阴冷的风在山地里嘶吼着、咆哮着，森林摇摇欲坠，很多树木弓着腰，飘零的竹叶瑟瑟漫向远方。

一夜入秋。

此时，我不愿睁开眼睛，探出头来，我知道外面的世界灰蒙蒙的，阴冷潮湿，没有一丝阳光。我深切地感到，我们必须抱团取暖，才能共克时艰。

我蜷缩在母竹的节骨眼上，默默地倾听着成千上万棵竹子被狂风压弯腰肢发出尖锐的响声，整个竹林发出撕心裂肺的怒吼。我心里很郁闷，要是得不到太阳的关照，我怎么出人头地茁壮成长呢？将来怎么成为有用之材呢？我紧贴着耳朵，听到了底层的声音，森林里的同伴们和我一样盼着阳光，盼着温暖，成长需要领路人，万物生长靠太阳。于是我发动大家齐声高喊："太阳，我们的生长需要你！"这时，越来越多的同伴们加入我们的呐喊，声音此起彼伏，响彻云霄，"我们的成长需要你！我们的成长需要你!"

10月1日 晴

晨曦微露。

黎明前,冬所呼出的寒气就这样把些许阳光带来的温暖无情地吞噬了。我伸个懒腰,侧耳倾听,大地晴天霹雳,轰轰烈烈,好像要向世界宣告什么。这一天,我无比兴奋,感觉耀眼的光线穿透云雾笼罩着的灰蒙天气,整个世界好像要换了新装。

太阳从东边冉冉升起。

最近一个时期,蛰伏许久的我酝酿态势,缓慢生长着,母亲十月怀胎,细心地给我准备了一个安乐窝。在茂密的森林里,我顺应自然法则,与邻里和睦相处,努力锻造成为有用之才,以便在大地的怀抱为自己的新生书写一份催人奋进的传记。

3月11日 晴 午后有雷阵雨

阳春三月。

太阳出来了。渐渐地,冰消雪融,我急不可耐,破土而出。

随着日子的逐渐变暖,我越长越快,身子成倍地往上蹿,10厘米,20厘米,30厘米……

我看见了太阳久违的笑脸!我们看见了太阳久违的笑脸!太阳从地平线的这一边踱向那一边,天空散发出希望的阳光味道。太阳毫不吝啬地把光芒洒向大地,抚慰着我们的心灵,我们也不负天赐,向上拔节,努力地成长着,成长着……

这是一个值得纪念的日子,一场沐浴着阳光的春雨淅淅沥沥。雨后的太阳从厚厚的云层中探出半个头来,天际间闪现出一道色彩斑斓、无与伦比的彩虹。彩虹弯弯,如诗如画,承载着我成长奋进的摇篮曲。我仰望着太阳给予我们如此宝贵的礼物,笑开了花。

"好雨知时节,当春乃发生。随风潜入夜,润物细无声。"杜甫的《春夜喜雨》恰好写出我当时的心声。在雨水的滋润及阳光的照耀下，在雨后天晴的特殊日子，我无意间就成为自然界和人类社会里迅速成长的象征。

我爱这一场沐浴着阳光的春雨。

5月8日　晴

太阳不知不觉地从春末来到了初夏。

我明显感觉到了阳光比以前炽热了许多。我亭亭玉立地成长着，笋壳一片片脱落，竹枝慢慢向外散开，叶子由嫩到青，身上演绎着蓬勃的青春气息，楚楚动人。记得唐朝诗人李贺在《谷昌北园新笋》里对我有生动的描写："箨落长竿削玉开，君看母笋是龙材。更容一夜抽千尺，别却池园数寸泥。"这就是我的真实写照。

渐渐地，我终于不用抬头，就可以偎依在母亲的肩膀。母亲说，这段时间以来，你真是一个好孩子，"好好学习，天天向上"的语录铭记于心，现在终于脱胎换骨，宛如一个大姑娘了。我在心里歌颂太阳，没有它，我就不能凤凰涅槃，从笋芽蜕变成竹子。

7月1日　晴

步入夏季。太阳笑得更灿烂了。

一阵暖风吹过，东西南北中，我的目光扫描一遍，我看到了什么呀——祖国山河，绿水青山带笑颜！田里苗壮的禾苗，山间碧绿的枝叶，树上饱满的果实，该红的红，该绿的绿，该笑的笑。地上所有生灵，无不沐浴在太阳的光辉中。迎着大地一派祥和，我们翘首以盼明天更加美好的丰收景象。

太阳，伟大的太阳！你驱散了黑暗，给我们带来了光明，你不但造就了世间万物，还提升了我们的灵魂。

"循环小数"的启迪

数学上有不计其数的无限循环的数,单就分数家族上就有1/3、1/6、1/7等等,它们循环的数或多或少,构成奇妙的数学王国。有趣的是,在文学的世界里也有许多类似的循环诗文。

苏轼在游玩庐山之后,作了一首诗曰:"庐山烟雨浙江潮,未到千般恨不消,到得还来无别处,庐山烟雨浙江潮。"庐山烟雨,朦朦胧胧,丝丝入扣,牵动无数旅人的心,而钱塘江潮水,更令天下游客叹为观止,想去而未去的人大都会魂牵梦萦。不过看完之后,庐山烟雨依旧如柔情少女,钱塘江潮水仍然像草莽英雄。江山多娇,吾生有涯。

唐临济宗禅僧原惟信,用三句看山看水的简洁话语,便洞见人生过程。他先说:"见山是山,见水是水。"又说:"见山不是山,见水不是水。"最后说:"见山只见山,见水只见水。"言简意赅,多么富有哲理禅味。要是再看一次呢?不知道山还是不是原来的山,水还是不是原来的水?我想每一次感悟,都要经过一番曲折的心灵历程。人生代代无穷,山水年年相似,感觉却有不同。

还有一则流传很远的故事:从前有座山,山里有座庙,庙里有个老和尚在讲故事,讲得什么呢?从前有座山……一百年过去了,一千年过去了,山是原来的那座山,庙破了可以重建,走了这个老和尚,会来另一个老和尚,可是,谜团仍然未解。老和尚到底要对世人讲些什么呢？不可说，下可说也。风月无边，老调重弹，阿弥陀佛，善哉善哉。

庄子与惠施的故事大家不会陌生。有一天，庄子在河边看到鱼儿悠哉游哉，就发出感慨："鱼儿真是快乐啊。"这时惠施在旁插话："你不是鱼，你怎么知道鱼儿的快乐呢？"庄子说："你又不是我，你怎么知道我不知道鱼儿的快乐呢？"这时，我看惠施没有必要再说："你又不是我，你怎么知道我不知道鱼的快乐呢？"到底谁是谁非，谁知谁乐？春江水暖，只有鸭子知道。

凡是无限，永恒的事物，如日月，如天地，如小数 0.3333……我们都无法穷究其奥秘。奈何？奈何？日月同天，天地归一，0.3333……化为 1/3，再古老的话题，再复杂的人生，拿得起，放得下，站高点，离远点，淡淡一描，微微一笑，再黑的洞也会亮如白昼。

阳台种菜乐趣多

春末夏初，天气温热，本是阳台上花木欢欣鼓舞的日子，可是眼下的萧条景况却令人伤心，花团锦簇的情景不见了，往日热闹的景象荡然无存，唯一留存的君子兰被挤压在一起，形单影只，黯然神伤，总感到有点寂寞……那片我苦心经营多年的花草，被老婆毫无保留地乾坤大转移，有的被弃之于小区公寓面阴的围墙角落，有的则被移之终日不见阳光的室内，有的实在没有它们的立足之地，索性就把它们大刀阔斧地理个光头，随便重叠在一起，一任它们自生自灭……

年初，富有小资情调的老婆，仍然怀着青春年少的烂漫情愫，带着城市丽人特有的气息，偷闲学少年，把痴迷于"开心网"上"偷菜"的软功夫，毫无保留地转移到了现实中来。她先是从"当当网"上邮购一大堆种菜书籍，有《家庭小菜园入门》《家庭种菜超简单》等装帧精美的种菜书籍，详细了解了各种蔬菜的基本要领及其生长习性，掌握的知识比我这个三代贫农的后代还多。接着，便是不惜血本地邮购各种菜种，有丝瓜、茄子、菠菜、西红柿等等，瓶装的、袋装的、盒装的，密密麻麻，整整装满了一大塑料盒子，种类大概有几十种之多。之后便又豪购了盆子、喷水壶、铲子、化肥，以及催芽剂、成长剂，连土都不放过，事无巨细，不管可有或可无，她都要全副武装，一应俱全，加上她执着的信念，饱满的热情，俨然是一位专业的农妇。

有了地盘和土壤，有了农具和种子，她便极度地展开想象，彻底地放开拳脚，"螺丝壳里做道场"，在凑起来不到 3 平方米的盆子、箱子上大做文章。

万事俱备。次日，她就把器具分门别类，把土壤均匀分配，把种子撒了一层又一层，来一个广种薄收。之后给各种蔬菜贴上漂亮的标签并注明下种的具体时间，忙前忙后，头发散乱地挨着耳朵，本来就不大的眼睛眯得更加细小，鼻尖上不时地渗透出密密麻麻的汗珠，脸上始终挂着蒙娜丽莎式的迷人微笑。阳台的地板散落着几撮细土，掺和着撒出的水滴，她的小脚踩上去，豁然印出一个个春末雨后桃花凌乱的图案。而这一切，只有等待着我这个真正的农民后代去收拾残局了。

不久，聪明的老婆又从街上扛回了一个特大的鱼缸，养了几条可爱的金鱼。先把金鱼养肥了，再利用金鱼的肥水回灌自家的菜苗，这样，鱼缸既不要倒水，而菜园又有了滋润的源泉，想想还真有点科学种植的味道。可这种科学种植，《家庭小菜园入门》书上好像没有介绍，她又是从哪里悟出来的呢？只可惜，她生不逢地，要是她也是地道的农民后代，难保不会成为为数不多的种菜大王呢。

从那以后，她下班一进入家门，就径自奔向阳台，这儿瞧瞧，那儿看看，一会儿碰碰叶子，一会儿摸摸枝干，或浇水，或施肥，热切盼望着她那宝贝蔬菜快速成长，极力想象着瓜果丰收时的喜悦情景。一阵风吹来，掠过她兴奋的神经，先是传给了绿油油的空心菜，接着又传送给全身长满软毛的茄子。她饭前很少走进厨房，饭后一般不沾碗筷，这下又有一片可供她日夜操心的迷你菜园，以后我看用八人大轿也难抬她走进厨房半步，这就是为什么我自始至终一直反对她在阳台开荒种菜的缘由。

早上闹钟一响，她便触电似的一骨碌爬起来，夺门而出，直向阳台。先是仔细观察一下空心菜是不是又拔了一棵细芽，或者樱桃番茄是不是又开了一朵米黄色的小花，再则丝瓜是不是一夜之间像雨后春笋一样又猛长高了几厘米。她每天像部队首长似的认真地检阅手下的士兵，然后才慢悠悠地提起喷水壶，均匀地给每盆蔬菜浇了一遍。而阳台上的瓜果蔬菜则不负领导期望，总是夜以继日，争先恐后地往上爬高、拔节、成长，以婀娜的身姿、翠绿的肤色以及灿烂的笑容，回报时刻关心它们的女主人。

一天早上，老婆的尖叫声划破了清晨的宁静，高兴得手舞足蹈，原来，她突然发现了一株身高不足 20 厘米的迷你向日葵，出其不意地开了一朵迷你小花，向她露出一串盈盈的微笑。那微笑透过老婆的尖叫声，直接传给还在睡梦中的女儿和我。我们一下子就被惊醒了，直奔阳台，向日葵果然浅露细芽，欲吐还羞。

种瓜得瓜，种豆得豆，当然，种菜也得菜，老婆的付出没有白费。一天中午，她拔下扶植长大的一畦二三十棵香菜，兴致勃勃地给她妈妈下一碗面条。面条上桌之后，老婆看着自己亲手培育的蔬菜儿女，激动得有点不忍心下手。她先是用筷子一根根挑起，慢慢地端详着，细细地品尝着，然后眯起眼睛，做一个深呼吸，好像吃到了什么山珍海味似的，故意引人垂涎，最后才不紧不慢地下咽入肚，末了，还要咂吧一下嘴巴，装作留有余香。平平常常的一碗面，被她吃得余味缭绕，倍感温馨，夸大得像电视里做的广告。

自从老婆阳台种菜以来，她的生活里便多了一些阳光，多了一些乐趣，锅碗瓢盆里也多了一些绿色内容。从此，她的生活更加低碳，平时的大嗓门细得只剩下一条门缝，说话的语气也比以前温柔了许多……而这一切，无不归功于阳台上的菜园。

287

夜醉闽江不欲归

幽幽的闽江上，飘浮着一条小船。船身不大，只可容纳圆桌一张，以及桌边的几个人。圆桌上方吊着一盏昏黄的电灯，灯光隐约，投射江面，波光粼粼，繁星点点，像是渔人跌落江中的一个梦。梦里依稀，仿佛是秦淮人家。

船移江心，岸上景物变得扑朔迷离。远处夜空上不时有焰火闪耀，恰似天女洒向人间的一串花瓣。

"移船相近邀相见，添酒回灯重开宴，千呼万唤始出来，犹抱琵琶半遮面。"白居易的《琵琶行》犹在耳边萦绕，只是今晚不在浔阳江头，也没送客人，美中不足的是没有琵琶伴奏，不然，就可越过时空，聆听琵琶女的千古绝唱。

不久，船即停泊对岸沙洲，我们赤足前行，轻轻地，生怕惊醒进入梦乡的一切生灵。沿着舒缓的沙滩，涉足之处，留下一连串深浅不一的脚印，成为沙地上一幅短暂的插图。举头望天，不由想起张若虚的《春江花月夜》："江畔何人初见月，江月何年初照人？"只惜今晚月儿待在闺阁，欲吐还羞，只在云朵上显露一些浅红。深邃的夜空偶有几颗星不甘寂寞，探头探脑，像是专门窥探我们的行踪。大伙欢声笑语，脸上开满灿烂的花朵，仿佛置身迷人的桃花洲。在这里，城市的喧嚣隐遁了，一切陈俗杂念顺着茫茫的江水消失了，心灵辽阔澄明，几近净界。

漫步沙洲，留连忘返。夜渐深沉，不得已回到船上，"添酒重开宴"，续前未尽言。喝完杯中酒，昏昏然似醉非醉，不知人在何处，身在何方。小船靠岸后，久久不忍去。

相聚者何人？九三学社鼓七支社部分社员也。为何而醉？不可说，不能说也。时年二〇〇二年九月三日。

母　亲

母亲离开我们了，永远。

在梦里，我经常浮现她的音容笑貌。每当想起她在世的日子，一幕幕鲜活的情景一下子就晃动到眼前，眼眶里的泪水禁不住在打滚。记得当初哥哥打电话说母亲已到临终时，我真恨不得插上一双翅膀立刻飞到她的身边，平时 2 个半小时的路程，我只用了 1 小时 40 分钟就把车开到家。匆匆赶到家里，只见她神情安然地躺在床上，双目紧闭，气若游丝，透出一股虚弱的慈祥的温暖的爱意。她本想打一声招呼，或另有什么要交代，但已无力开口。她感觉到我就站立在床前，只是下意识地微微动一下眼皮。没想到，上一次离家前，母亲正坐在轮椅上，干瘪的嘴唇翕动着，眼眶红红的，好像有点湿润，很悲伤的样子，几乎是用乞求的语气对我说道："今天在家住一晚上吧。"没想到，这竟成为她留给我最后的遗言。其实当时我不是不想住下来和她拉拉家常，而是次日还要上班，当时老家房子装修还未完工，有些许不便。其实她心里也知道我不大可能住下来，随口中透着殷切期盼。真没想到母亲那么快就走了，而且永远地离开了……

母亲离开后的很长一段时间里，我还感到有点不相信，仿佛就在昨天，就在梦里，感受最深刻的是打电话。以前每次在单位吃完午餐，我都会习惯成自然地掏出手机与她聊一聊家常，谈天说地，嘘寒问暖，同样的话题，不变的腔音，传到我耳朵里的是悦耳的天籁，永恒的爱意，胜于山川，堪比日月。现在能打给我电话聊天的人少了，而我时刻挂念想唠嗑的母亲又不在了，以至于每个月月底，电话套餐里的通话时间都剩下很多很多，心中"纵有千言万语，更与何人说"？

"慈母手中线，游子身上衣，临行密密缝，意恐迟迟归，谁言寸草心，报得三春晖。"唐代诗人孟郊的《游子吟》，不知牵动天下多少游子的心。"树欲静而风不止，子欲孝而亲不在"，只有当母亲真正不在的时候，才会切身感受到。很多人都觉得，父母在哪里家就在哪里，要是他们不在了，家乡就成了故乡，儿女就成了无根的浮萍，漂泊的游子，四处流浪。一个男人，在家里基本都有三个身份，不同时期会扮演不同角色。作为丈夫，我为自己打了80分，作为父亲，我打了70分，而作为儿子，我只能羞愧地勉强打了60分。孝子在社会上不一定是好人，但如果连父母都不顾的话，那他多半是个孬种。在父母眼里，我也许还算孝顺，但跟他们无私伟大的爱相比，我那一点付出，宛如涛涛大海之与涓涓细流，离我心中的要求相距甚远。

"梦里依稀慈母泪"，不只是梦里，在现实生活中，我曾亲眼看到母亲流过泪。那时参加工作不久，母亲和表姐来玩，她们第一次到大城市，就像刘姥姥进大观园一样什么都觉得新鲜。当初由于工资低，收入少，吃饭只能在单位食堂里将就。由于食堂饭不好菜也差，与母亲美好愿景之间的落差太大了。临别时，母亲一激动，眼眶一红，侧着脸，用手帕抹了抹眼睛，显然是伤心地哭了。我一脸错愕，被这突如其来的情景惊呆了，以为发生了什么事情，没能深刻体会到什么叫做不舍，什么叫做依依惜别，什么叫做儿行千里母担忧，千言万语浓缩一行泪。再则是每逢节假日回家探亲，来也匆匆去也匆匆，临走时的告别，尽管我一再向她保证，过一段时间就会再回来看望，可眼睛不能和她对视太久，还要轻描淡写，装作若无其事的样子，不然就得看到一行深含着孤寂、无奈、惜别的浊泪。比起母亲的多情，我也曾流过一次泪。记得当年风靡全国的《妈妈再爱我一次》那部影片，我在电影院已经看过一次，可能由于人多，无法身临其境，没能感受到那种特定氛围，没有体会到影片中母亲的艰辛和伟大，反响也没有那么强烈。再看时是夜深人静，在家独自面对电视画面，无拘无束，彻底地放松心情，完全放飞自我，随着情节的不断深入，我的心情也随着剧中"妈妈"悲惨的遭遇而跌宕起伏，一任泪水滂沱，涕泗横流，我清楚地记得那晚哗哗哗哗流了四次眼泪，"男儿有泪不轻弹，只是未到伤心处"，确实如此。

在农村老家里，母亲不但要做好家务，负责一家老小的吃喝拉撒，还会许多本该是男人们做的活，犁田耙地插秧割稻，巾帼不让须眉，样样在行，仿佛是生产队里的巾帼英雄。在经济困难时期，我们都经常挨饿，何况深爱我们的母亲。在家里她总是最后一个盛饭，在能见度清晰的碗底，难得见到几粒米花，常常连果腹的地瓜也吃不饱，最后连地瓜渣也咽下去。为了与饥饿长期斗争，母亲不得不勒紧裤腰带，久而久之，在她的腹部，留下了一道深深的沟壑，像黄河谷。

晚年的母亲，白发苍苍细如丝，脸上的皱纹纵横交错，宛如黄土高原上的千年地貌。她耳垂大，单眼皮，笑起来眯眯的，看过去一脸和蔼，要是有幸摄到影像里，就成可敬慈祥老奶奶的象征。她一生很少与他人红过脸，争过吵，常常教育我们凡事要多让人一点，退一步海阔天空。年轻时，碰到路上有挑担的，都会主动地接一程，他人若有困难，她也会尽自己所能出手相助。左邻右舍，相处得跟亲戚似的。20世纪60年代，饱腹成为乡亲们的奢望。为了能打一次牙祭，在母亲热情招呼下，邻居每户各出半斤米，再凑点钱买些肉，拔点自家菜园里的芥菜，相聚到我家一起合煮干肉饭，出资者可均分得一碗，外加几小片香喷喷的锅贴，而母亲却舍不得吃一口，最后都留给我们解馋。到了晚年，很多去外地发展的邻居，经常会拎着鱼肉等礼物回来看望她。

母亲的指甲历经岁月，特别是脚大拇指，在我眼里，它可与太行山深处的崖柏比沧桑。每次回到家里，除了寒暄问候拉家常，我能为母亲做的实质性的事情，就只有剪一剪她饱经风霜的脚指甲了。剪完后，用指甲剪轻轻地戳一戳磨一磨，之后再用手轻轻地摸一摸，自觉很有成就感。母亲的脚指甲灰且厚，斑驳陆离，一般的指甲剪无能为力，望甲兴叹，为此我还特地买一个大号的。母亲一生对我们言传身教，自己能做的事情一般不会麻烦他人，如果不是因为弯不下老腰，脚指甲太长了顶住了鞋面，我也没有机会为她尽一点孝心。

母亲的身体原本还可以，虽算不上很健康，但也没什么大碍，如果不是几年前不小心摔下陡坡引起的脑溢血，可能还会多活数年。那次在医院里，她整整昏迷了三天四夜，好不容易恢复之后，便落下病根，腿脚也不再灵活。到了晚期，她只得和轮椅相依为伴，身体每况愈下，如日薄西山，再也回不到从前。俗语说"好死不如赖活"，越到年老的时候，其实是越珍惜生命。可为了不连累我们子女，母亲临终前几天就开始绝食，最后进入深度昏迷状态，连张嘴的力气都丧尽，直到喂不进一滴开水……

我曾写过几首应景的赞歌，说句心里话，其中的诗线大都源自于我对母亲的挚爱。如在"庆祝新中国成立70周年"里，我作了一首题为《祖国，母亲》的诗，在此，献给天下所有的母亲。诗曰：

一粒思乡的种子
随着游子四处飘荡
一声遥远的心灵呼唤

扑向童年

七十年过去了
梦里依稀浮现
老屋绛色的橱柜后面
映照着您强大的身躯
一种天真的渴望
在襁褓中孕育着发芽
曾经红润的肠胃
浸染着菜色
那堆不眠的记忆
风干了鲜活的液体

为了挑起生活的重担
您的手臂延伸了镰刀的长度
十月沉甸甸的丰收喜悦
紧紧地团结在脊梁的周围
辛勤的耕作
终于换回满仓的欢欣
只有播撒辛劳的汗水
才能获取丰硕的果实
只有心存执着的信念
才能架起理想的殿堂
我们深情地和这块土地一起
感念春夏秋冬

啊，祖国母亲

您耙犁的姿式
是一首现代的唐宋诗词
在水牛的点缀下
谱写春天的礼赞
您插秧的倒影
是一幅古朴的水墨彩图
在春日的映照下
彰显美丽的容颜

干旱困难时期
您曾经饥饿的腹壁
留下了裤带勒紧的沟壑
一条黄河谷
从您身上悄悄流过

三十年后的一场春雨
浇醒了荒芜已久的大地
各种庄稼呼唤雀跃
自留地里莺歌燕舞
万物迎着久逢的甘霖解颐
村前千年的石板路
惊讶于从未闻过的马达声响
就连池塘里不谙世事的青蛙
也齐声鸣唱日子的滋润甘甜

新世纪的曙光
撞开了千年心扉

照醒了童年的一组梦想
我热切地盼望着
勤劳善良的母亲能挺起腰杆
从容地站了起来
矫健地走向远方

舅　舅

舅舅彪是家里的长子，上个世纪五十年代初期出生的。那时外婆已生了几个女儿，好不容易添了个男丁，宝贝的不得了。其实也没什么，外婆家里穷，全家能填饱肚子就已经很不错了，如果有人饿着，那也不会轮到舅舅。母亲说舅舅彪是她背大的，上过几年学，普通话多少也能溜几句。成年后，舅舅长得五大三粗，呼噜打得特别厉害。有一年他到我住处，晚上睡觉时差点儿把窗户上的玻璃给震裂。别看他矮墩墩的，力气可特别大，一只手能把板车轮子轻松举过头顶，要是能得到特殊的训练，说不定也能得举重冠军。肩挑更不在话下，两三百斤的担子走起路来轻飘飘的，跟跑步似的。

改革开放后，舅舅彪凭着自己勤劳的双手，在农村盖起了一座四目房。盖房之后，不但没有欠债，而且还略有余粮。舅舅人缘好，左邻右舍，父老乡亲，谁家里有难，只要一声招呼，他二话不说，就会伸出援助之手，或借钱，救他人之急，或出力，帮他人之困。乡人尝到甜头，时常隔三差五相聚到舅舅家里吃宵夜，打牙祭。舅舅又好客，众人在锅里时不时会发现意外的惊喜。

转眼到了九十年代，舅舅的三个子女相继成家。舅舅嫁女，彩礼收的不多，嫁妆贴的不少。而娶进门的媳妇，聘金按乡例一分不少。儿女成家后，舅舅本以为可以享一点清福了，然天有不测风云，三个儿女竟然在短短的几年间又相继离婚。先是大女儿，结婚五年，与丈夫说离就离，而后带着孩子往娘家里一扔，就自个儿跑到外地打工去了，什么财产分割，孩子的教育费、抚养费，一概不提，活像幼稚园里小朋友玩家家。

再说二女儿，嫁在本村，相距不远，也不知她当初是什么想的，据传洞房之日夜就不与丈夫同床，可婚前并没有人胁迫她。后与婆家人闹僵了，就索性离家出走，溜之大吉，从此杳无音信，连舅舅自己都不知道她是死是活。害的她丈夫离婚不能，再婚也不是，整日愁眉苦脸，独守空房。三年后的一天，她又突然从天而降，带着新男友出现在乡里人的视野。这时婆家的人追来了，要求退婚。按理说离就离吧，也没什么大不了的，可舅舅为了息事宁人，只得把当初所收取的聘金如数归还人家。而她新男友好像捡了个漏，没花多少资金就把她给接盘了。

最后说说他儿子。说句实在话，舅舅家的钱财几乎都落败在他儿子身上。由于从小管教不严，他长大后又好吃懒做，时常偷鸡摸狗，每次从派出所出来，都是费了九牛二虎之力。舅舅本以为趁早把他的婚给结了，好让他老婆去管管，或许会让他悬崖勒马，迷途知返。没想到他婚后依然惰性不改，劣根不除，小两口矛盾不断升级，最后不得不以离婚收场。舅舅碍于脸面，又不想把事情闹大，当初送给儿媳娘家的彩礼不敢讨回分文。如此来回一折腾，舅舅本来还算殷实的家底，就像沙漏一样没影了，最后，不得不借着高利贷苟活。

舅舅为了还债，五十出头了还得四处打工。先是去了珠海，后又辗转到中山一带，最后在城乡结合部落了脚，而后租了一间小店铺，摆了几张小桌子，做起了油条馒头的小买卖。由于讨债的人多，舅舅多年没有回家过年了。据我所知，舅舅借的是两分的利息，几年下来，连本带利，借款快要翻上一番了。前年舅舅偷偷溜回家一次，同车的乡邻竟没有跟他打一声招呼。一到家，讨债的人就接踵而至，舅舅许诺，到时连本带息一并还清，只是还得给他一段时间。直到去年，舅舅几乎还清了所有的本金，连同附在本金身上的高额利息。

　　"非典"期间，舅舅的生意一落千丈，扣除店租，捉襟见肘，收入只能勉强维持家用。而就在这时，同村的一个乡亲也因为生意萧条而歇业关门，全家蛰居在舅舅并不宽敞的小店里。那老乡吃喝不愁，一不需要付房租，二不需要垫伙食费，白天全家出动四处找店，晚上就和舅舅一家亲热地挤在一起。然而，这一挤就是两三个月。若不是为了还债及养家糊口，舅舅至今还会与他们一家和睦友好相处下去。舅舅觉得，都是乡里乡亲的，卧榻之旁也能容他人酣睡。由于店小不堪重负，惨淡经营，偶尔还入不敷出，最后，舅舅干脆就把整个店铺都转让给他，自己不得不携着家眷，裹着行囊，一步三叹，打道回乡，另谋出路……

第二辑　悠闲时光

三牧印象

转眼间三年时光行将结束，回想逝去悠悠岁月，历历在目，初中生活就像漫长人生旅途中的一个驿站，永远会烙印在女儿的记忆里。

小学毕业前，女儿参加过私立校面试，本以为与老师面对面问几个问题答对即可，没想到却是掩人耳目，换一种形式考试，即用纸条代笔而已。与时俱进，曾融入"时代"，不料名落孙山。以她厚实的基础，本以为十拿九稳，因马失前蹄，被"时代"无情抛弃。还好三牧慧眼识珠，适时抛出橄榄枝，遂得其愿，了却父母一桩心愿。

学校坐落在五凤山麓，依山傍绿，空气新鲜，置身其中，神清气爽，宛入天然氧吧。校园不大，一阵风吹，草动树摇，沁人心脾。学生不多，却是大浪淘沙后的结果，粒粒珍珠，个个精华。招考前曾到学校门前展望，黑压压如蚁群一般，甚是热闹。先生传道授业，勤勤恳恳，学子听读笔记，刻苦认真。学校午后一时上课，学生四时半返回，时间紧凑，效率尤高。到家后及时温习写作，晚十时前便可上床就寝。惜时如金，走在时间前面，开创先河。

至于教学，单看每年上一中名册即可了然，更不用提及那数不清的各种奖项与荣誉。秉承一中优良传统，以"植基立本、成德达才"和"勤奋、严谨、活跃、竞取"为校训、校风，教师精心培育，学子不乏藏龙卧虎。深得厚重校风熏陶，学子必将大展宏图，声名远扬。有风从山上来，校中过，自由舒散。学生无须统一服饰，衣着万千变幻，不受束缚，彰显个性，尽得风流，无不得益于"活跃"校风，实乃一大特色。学校社团林立，"海阔凭鱼跃，天高任鸟飞"，只要有才，便可三心二意，脚踏多只船。小女首创"武侠社"，自任社长，只惜"侠气"有余，"武功"不足，凭借自身人气，招兵买马几十个社员，出考题、设门槛、列计划、搞活动，经营得有声有色。进入毕业班之前，由于学业繁重，社员逐一背叛离去，余下的寥若晨星，"门前冷落车马稀"，最后不得不垂泪解散，含笑天涯。一个弱女子，一身侠气，只得在胸中施展拳脚，在心中伸展正义，一如她武侠小说《魂断云飘》中的女主角。

《山沐风》为学生心灵家园，他们自编自导自演，既是编辑又是作者更是读者。一年一刊，编目丰富，内容精彩。课后，学子们心猿意马，神游八表，或诗歌，或小说，或散文，随心随性，动人心弦。优美，悬疑，抒怀，笔走龙蛇，无拘无束，在自己的地盘上游刃有余。

"海到无边天作岸，山登绝顶我为峰"，三牧今日之学子，必为明日之栋梁。

炒地皮

阳春三月。

昨晚接到赵总电话："明天早上 10 点，钱总办公室，炒地皮。"话音简洁明了，不容我半点犹豫，他就挂断了。3 月 11 日恰巧是老婆生日，我们本来约好了要去逛街，看来只能泡汤。

每逢周末，我们几个同学便蠢蠢欲动，或打羽毛球或打牌。打牌以炒地皮为主，跟 80 分打法大同小异，只是多一些变数，先压牌的未必一锤定音，只要边家或对家有主对大小王对的，按顺序就可以把庄家扣的底牌翻起，重新扣压，让人捉摸不透。

我们如约而至。

我和赵总对家，孙总和李书记合伙，钱总谦让，只好委屈他在旁端水倒茶，观摩评判，间或欣赏挂在办公室墙壁上的名人字帖。

战斗已经打响，我和赵总捷足先登，率先打 6。一会儿，李书记起身去了趟洗手间，孙总站起来伸伸懒腰，之后移步到钱总身边一起评论已故我省著名书法家赵玉林的字帖。赵总则近水楼台，靠着身后窗口，探头呼吸新鲜空气，顺睨一眼迷人春色。

我先压了梅花 6，待抓起底牌一看，妈呀，底下一点都不配合，主牌寥寥无几。而手上方块色却赏心悦目，不但有 2233 拖拉机，一对 10，一个领头 A，一个 J，另有一些小兄弟，队伍十分壮大，刚好还有一张非常时期可以决定牌局走向的幕僚方块 6。

我紧锁眉头，苦苦思索着该怎样压好这个底，让边家吃不了兜着走。

而此时，他们则四处散落，各待一处，于是心中忽闪一邪念，觉得反正只是打打牌，消消遣，没有赌输赢，同学间相互嬉戏一下而已，何必较真。趁他们还未回桌，我运用了三十六计中的偷梁换柱法，迅速把桌上先压的梅花6换成方块6，神不知鬼不觉，干净利索。狸猫换太子之后，把手上本就不多的梅花全部扣底，剩下的牌果然灿若桃花，清二色……旋即他们便陆续归位。

我手上有一个小王，两张不同牌色的6，本以为他们不大可能反底，没想到对家率先把底牌给揭了。这下惨了，手中只剩下孤零零的三个"常委"。待到对家压完底牌，以为万事大吉，毕竟是自家兄弟，危难时刻可以两肋插刀，帮扶一把。

我正准备出牌，边家居然又把赵总压的底牌给翻了。按照概率推算，可能性较小。经过孙总再次的资产重组，现在的底牌已面目皆异，而他们两人手中的牌也今非昔比。该先出那张好呢？若出单张，孙总毙掉的可能性很大，于是就把方块A连同2233拖拉机一起抛出，毕竟多甩一张就可以多溜10分，再说边家毙掉的可能性也小。该死的赵总，我底牌没有垫一张方块，他手上居然也有QQKK拖拉机，抛砖立马引来一块玉，一块刚好砸得我头破血流的玉。"出师未捷身先死"，按照牌约，一下子就被扣了50分。

之后，孙总两眼放光，一直虎视眈眈地盯着赵总出牌。果然，待赵总一出梅花A，就被孙总直接咔擦掉……之后的场面惨不忍睹。宛若碰倒了多米诺骨牌，颓势像失控的过山车根本就停不下来，一如当年手里紧握的中石油，以为股价跌到了地板，结果还有地下室，等到了地下室，没想到还有十八层……最后，孙总把底牌也给揭了，分数加倍，总共吃了 230 分，一下子就打到 9，创下了我有史以来炒地皮的输分记录。

　　没想到，瞬间的邪念，刹那的恶行，立马就改变了整手牌运，前后转换之快，真乃出乎意料。俗话说，人生如牌，既然无法选择，那就顺其自然，诚信为本，好自为之。

　　还好，只是一次娱乐而已。

凡尘留梦

第三辑　自言自语

男　女

"女为悦己者容。"结婚之前谈条件，结婚之后要感情。不知道有几个人能如愿。

令女人伤心的也许不是相濡以沫几十年的伴侣的诀别，而是亲手拉扯长大几十岁的子女的不孝。

无论年纪大小，能生孩子则能养，单从这一点上就足以证明母性的伟大。

我不知道，女人天生怕蛇，是否与蛇当初引诱夏娃吞下善恶果而受难有着密切的联系。

男人不一定要做父亲，女人则最好做母亲。父亲如大海，母亲如大地，大海里没有高级动物还是大海，而大地上要是没有人类，则必定是一片荒芜。

孩子可以没有父亲，却不可没有母亲。生活中有的是父亲般的严峻与深沉，却少有母亲般的慈爱和伟大。

一个空虚的男人和一个空虚的女人在一起就会变成一个充实的男人和一个充实的女人。感情真是一种不可思议的微妙的复杂东西。

生孩子是女人的杰作之一。

给女人献殷勤是聪明人干的一件傻事。

只有女人才有艺术。男人通过发现女人而创造艺术，女人接受男人的挖掘而体现艺术。

男人通过欣赏漂亮女人而发现自己，女人因为模仿漂亮女人而失去自己。

如果女人的体魄与男人对换，那么很多男人会赞成。至少在谈情说爱时不会感觉到那么累。

男人和女人本来是赤裸的，没有神秘可言。男人对女人的神秘其实是由男人自己用面纱遮盖其视线造成的。当然女人也一样。

男人爱女人，主要是爱她们身上共有的特性，至于她们各自身上所特有的个性，则倒在其次。

生育孩子几乎是人作为一个人对人生所做出的最大交待。

女人希望其男人有事业心，但又不希望他有强烈的事业心，一定的事业心会使她得到虚荣的满足，太强的事业心会使她有一种被遗弃的失落感。

如果男人也用一只胸罩扣住其平坦的胸部，那么男人也会显得神秘起来。关键的是，一旦认识了，也就没什么稀奇。

不管跟谁交配，女人对自生的孩子都一样爱惜，这是否延续了母系社会的遗风？

爱美是人的天性，女人以化妆来美化自己，男人坐享其成，干脆以女人来美化自己。

世间最复杂的问题总是男人和女人的关系问题。

女人是伟大的，她可以毁灭一个男人，也可以拯救一个男人。但如果只有女人才能激起志气，我看他也成不了什么大气候。

如果可以抵偿的话，我想很多男人愿以自己的衰老来弥补女人的青春，只可惜这不能在性爱中得以替换。

女人一旦用其姿色作赌注，那么她就是对其自身所拥有美的亵渎。如果善恶有报，我看她们就不敢轻易地冒这个险。

男人以其才智显示自己的美，女人要想占有男人这种美，捷径之一就是要获得拥有它的男人。

男人的忧患为了人生，女人的忧患为了自己。女人在这点上似乎比男人聪明，她把自己融入人生。

男人常常是由于女人的暗示才发觉自己的优越和不足之处。

在贫穷的国度里，女人的人格只有在被男人奸污之后才有所体现，至于男人，则几乎无从说起。女人在这一点上还是比男人幸运。

真正的男子汉，甚至连理解都不需要。

女人的价值在于神秘，这种神秘来自男人对她的向往，只可惜许多女人却不知道这一点。

"拜倒在石榴裙下"——满足了女人的虚荣，失去了男人的尊严。

男女交欢，如果怀孕的是男人，那么他的价值就会成倍增长，而女人则会逐渐成为他的装饰品。

"每个成功的男人后面都站着一位女性？"未必。试想，一个工作思考起来连婚姻家庭都顾不上的人会没有成就？

女人的悲哀与否大都在于对后代抱着一种怎样的态度。

看女人打架比看言情功夫片要有趣得多。

使我不解的是，当夏娃用树叶遮住下身时，亚当会无动于衷？

聪明的女人总不会质问男人爱她什么，聪明的男人总不会回答他爱女人的缘由。

真正的对手是不分男女的，至于"好男不跟女斗"一说，只不过是男人特意给自己留一个借口而已。

男人的尊严与女人的贞操同属神圣不可侵犯。女人的第一次贞操宝贵，男人的第一次尊严更加宝贵。女人感觉到自己的贞操意味着生理的成熟，男人感觉到自己的尊严则意味着心理的成熟。侵犯男人尊严的大部分是男人，小部分是女人，侵犯女人贞操的则只有男人。男人维护自己的尊严比女人保护自己的贞操还难。男人不维护自己的尊严比女人不珍惜自己的贞操更让人鄙视。

对于女人，俗人得到了感观的享受，诗人得到了性灵的升华，哲人找到了生命的起源，画家发现了美，只有丈夫，才能感觉到她是一个活生生的人。

如果男女都能分娩，那么女人考验男人的感情是否真挚只需问他愿否分娩即可。

男人常常为事业而独身，女人往往为爱情而独守空房。从中可见两性对婚姻的不同态度。

由于对男人的了解，使我觉得，假如我是一个女人就决不出嫁。

生育是痛苦的，可要是给女人一个现成的孩子，多数人又不会接受。即便是痛苦，也要亲自体验。

女人可以原谅男人的许多恶习，但最不能容忍他去拈花惹草。女人一旦被爱恋的男人抛弃，那么也就几乎失去了整个精神支柱。

除了身体疾病与献身事业外，女人不想要孩子就是对人生不够负责。

爱打扮的女人，大都是一些漂亮或自认为漂亮的女人，也是一些在爱或想被爱的女人。扮饰是女人示爱的一种表现形式。

你 我

只有在我有了一定年纪的时候，我才慢慢感觉到成熟和年龄并没有必然的联系。

当我觉得自由宛若一种苦役时，我便向往着约束。

只有在沉默还不能表达的时候，我才开始了描述。

我苦苦寻找自己多年，可至今只找到了影子。我的希望又一次破灭。

一旦认识了言行不一，那么你就会轻松许多。

"很少人会看得上我。有谁相信，我决不是因为自卑，而恰恰是由于过度自信。"

为了前进而后退，好一个谦虚的表白！

轻松和沉重，总是在我独自的时候自心底里油然而生。

"我实在太虚伪了，你随时都有被我欺骗的可能。"我的一个朋友如是说。

我真不知道怎样对待这个人及这句话。

当我感到矛盾无法解决时，我就径直地走向旷野或者昂然地面对天空。

我所以不敢给你我的心，是怕你承受不了，待到你有接受的心态，我也许会变得十分的吝啬。

我不知道，除了表现自己以外，还有没有一种体现自身价值的方法？

坦然地面对，你会觉得一切都很亲切，一切都很动人。

我不想作恶，可你能给我一条死路吗？

虽然我不知道努力终究是为了什么，但我还是要不懈地努力，就像我不知道为什么活着而仍然活着一样。

我对人生的一点寄托是：轻松地活，痛快地死。

"他人的高贵，并没有给我投下多少卑贱的影子，而我的超脱就不得不使人羡慕。"我不知道自己是否介于高贵与卑贱之间。

是自然的美与人间的恶刷亮了我炯然的眼睛。

逃避现实有时倒还觉得容易，可要是逃避自己，那就有点困难了。

当我展示自己的时候，我却发现自己丢失了什么。

我是一个谜，我无法找到谜底。

遭人误解，并不可怕，可怕的是自己的行为在人们的误解中得到了证实。

对你的隔阂与疏远是因为我隐约地发现在你身上有我朦胧的影子。

贫生第一大耻——无恒。

当我独自一人的时候，才真正属于我自己。

我佩服你是因为你是我强硬的对手。

极限是危险的，而我缺少的恰恰正是这种危险。

自我评判，自我嘲讽，是对自己的最好肯定。

只有嘲讽自己，才有资格嘲讽别人。有了贬低自己的勇气，才能接受别人的严厉挑战。

我厌恶手表是因为时刻感到它的沉重，可一旦完全抛弃，我又会觉得不知所措。

我富足得一无所有——我不知道自己需要什么和不需要什么。

我只想为（wéi）什么，而不想为（wèi）什么。

我一向注重内容，不在意形式，注重过程，不在意结果。

"做人低调，做事高效"，我的朋友如是说。而我的宗旨是：做人无调，做事有效。

不要轻易地相信任何人，有时甚至包括你自己。

我不知道自己会做什么，但我知道自己不会做什么。

你们所见到的我，只是我的形式而已，并不是真正内容的我，真正内容的我你们从未看见过并且永远也见不到，只有在我独自的时候才显现出来。

我讥笑高傲，我鄙视低陋，我在讥笑与鄙视中常常忘却了自己。

"人类所有的劣根性在我身上都有充分的体现。"——这不正明目张胆地为自己的作恶作辩护吗？

"只有在我满足的时候，才知道丢失了什么。"你知道他丢失了什么？

"我对生活的认识：在现有的条件下，尽量去捡拾一些乐趣，在条件许可的范围内去做一些使自己感兴趣的事，不断充实，不断完善，直至升华。"

此公说出了我的心里话。

"我所以作恶，是想为将来的忏悔增添内容。"灵魂如此辩白。

我希望灵魂能死在忏悔之前。

一旦挖掘，你就会意外地得到许多料想不到的东西。

我所以沉默是因为不想表达。

有时候，自己也得动手打自己的嘴巴——如果脸上有一只蚊子的话。

谁一旦厌恶起自己，那么就确定了他孤独的开始。

独处时沉默是人的本能，共处时沉默是人修养的结果。

我常常鄙视自己，既在自卑的时候，也在自傲的时候。

强迫自己虽然是痛苦的，但却是必要的。

你想成为怎么样的人就应该负起怎么样的责任。责任的大小决定一个人价值的高低及知名的程度。

使我困惑的是，为何人类总是把孕育生命弄得那么神秘和复杂？

每次发现了一处美，我的心就为之一震，躁动则随之而来，快乐便由此而生。

我总是和那些对我有影响的东西保持着若即若离的关系，我既不想远离，也不想成为附属。

只要你不动声色，就有人把你视若神明。

我写作的目的之一是为了满足自己的虚荣。

认识自己有时是容易的，可要战胜自己那就有点困难了。

一旦摆脱了时间的束缚，那么你已返璞归真了。

有了讥笑自己的勇气，才有讥笑世人的资格。

我所以对你的冷漠，是因为我对自己的仇视。

真善美之所以对我的吸引，大都是因为它们与我产生了互补作用。

饥饿的时候我才感到实在，满足之后我有时反而会感到不自在。

一旦摆脱了意志，那么你已临近了天国的边缘。

有些人容忍得了自己，却容忍不了别人；有些人容忍得了别人，却容忍不了自己；有些人既容忍得了自己，又容忍得了别人；有些人既容忍不了自己，也容忍不了别人。

容量的大小也要靠人的情绪，就像有时可以吃半斤，有时吃不下一两一样。

如果吃什么能补什么，那么我唯一可以选择的食物大概只有一种：猪脑。

我对人生的最高寄托是能够突然暴毙在美的面前。

我的心无法平静，可一旦平静下来，即便是投进一块石子也不能激起涟漪。

不要过早地出名，否则你就有可能被名利所驱逐而削弱内在的潜能。

终于有一天，当我完全挣脱了感情的羁绊时，我便会觉得自己已完成了做人的使命。

我不想为自己辩护，但我的言行已不知不觉地对自己作了辩护，是偶然？是必然？连我也说不清。

当我抬头望天时，一下子便感觉到距离缩短了许多。同样，要缩短心与心之间的距离也是从谈论天气开始。面对天空，我们才有同一的位置。

在美的面前，我只能当一个哑巴。

大难之后，我感到从未有过的轻松。

我曾在梦中告诉朋友我梦见他。梦醒之后，我真以为有那么一回事。

每当我揭示了一个事物的本质之后，心里就有了负罪感。

一受到人的关注，我就感到惊慌，一副大难临头的样子。

我只想去做点什么，决不想去证明什么。

徘徊于概念面前，我总是很茫然。

如果还有来生的话，我可能会恳求上帝把我变成一只永远也长不壮的猪。

给我一个圆，我就能使之运动。

上帝真的不存在？我总是希望上帝存在。在感觉不到上帝的日子里，我的心总是很虚。

我真不知道该怎样去安慰因我的灾难而使朋友悲伤的心情。

我能为自己道歉？我能原谅得了自己？

你若把钱看作奴隶，那么有朝一日钱也会把你变成奴隶。

面对大海，我只有沉默。

我没有目的，当然也就不会使用什么手段。

我不知道什么时候才能从自己的矛盾圈里挣脱出来，我也不知道一旦我挣脱出来之后要流落何方。

在群体中，我才感到身不由己。

我所以充实是因为探讨空虚的缘故。

我不知道是因为情令智生，还是智令情动？一生中何时才能摆脱情理的困忧？

我如果是一句哲理，
就要躲避世人的追击，
一旦揭示了我的外衣，
生活就会变得平淡无奇。

你注意到了，你就被拴住了。

我把事业分两半，一半献给我的爱，一半献给我自己。

一旦你探讨了生命，那么你的行为就对你的生命做出了诠释。

当我们劝告亲友要注意身体时，很大一部分是为自己考虑。

在梦中，我时常体验自己的命运，那感觉绝对是惊心动魄的。为此，我在怀疑自己是否在同时感受两种人生。

使我庆幸的是，人们遗弃的，有时正是我所需要的。

我的心中没有你是我的不幸。你的心中没有我是你的幸运。

你想影响别人吗？那么你就得先把自己的名誉、良知、思想连同性命一起埋葬。

在我未接吻以前，我不知道嘴巴除了吃饭、说话和歌唱之外还有什么用途。

接受了恶语，我才认识到你的一副嘴脸。

一旦你觉得认识是一种负担，那么你无疑已陷入了孤独。

一旦有人夸奖，我不但不屑一顾，有时倒还认为他想占什么便宜。

我无法估算你的身价，所以只好用沉默来替代。

我不想登高是担心一旦到达顶峰就下不来。

奉献给你子女的，实际上就是你偿还父母的债务。

我所以回避爱，是想对爱的全部占有。待到我不想回避的时候，我可能就会被爱孤零零地拒在门外。

我愿投入另一个空间，
如流萤似的飞逝或如黑夜般长存。
我将以我的躯体去塑造一个世界，
在那里重新确定我生命的价值。

父母给了我一张会说话的嘴，可我不知道该怎样表达。

当你不需要朋友的时候，还盼望着朋友的光临，那么当你需要朋友时，朋友就会如期而至。

除了相信自己，还要像他人相信自己一样相信自己。

有朋友对我说，他对任何人都留一手。我不知道他是否对我也留一手。如果他对我也留一手，那为什么要告诉我？如果他对我没有留一手，那岂不违背他的诺言？我不知道是否对他自己也要留一手？

只要行为能够表达，我就会一直保持着沉默。

当你听到某人在讲另一个人的坏话时，你顶多只能相信一半。

除了拒绝，我什么都能接受。

生　活

假如生活能够重复，那么我们就会寸步难行。

很多人作恶的同时往往看不到自己的真面目，倘若有镜子作反衬，想必他们会深思的。

"狐狸吃不到葡萄就说是酸的"：现实主义。

"姜太公钓鱼，愿者上钩"：现实的理想主义。

"守株待兔"：理想的现实主义。

"癞蛤蟆想吃天鹅肉"：理想主义。

不管是生活上还是爱情上，哪一类型的人就采取哪一种方式。

身外之物不足为惜，身内之物又何须操心？

中庸是惰性的温床。

目的只有一个，手段却有万种。无目的就无手段，大手段也就是小目的。

"兔子不吃窝边草"，人的无奈无望，大都会以此为借口。假如唯窝边草是青是嫩，是肥是补，焉有不吃之理？

海伦·凯勒曾经说过假如给她三天光明，那么她将实现她许多计划。假如上苍能连续给我们三天黑暗，那么我想人们也会更加珍惜眼前美好的时光。

适应矛盾的过程，也就是一个人趋向成熟的过程。

好感的形成大都是这样的：一部分是来自对对方的逐渐接触，另一部分是由于从对方那里获得了利益。

人虽然是合群的动物，但一个人独处时若不能很好地生活，最终还是不受人欢迎的。

有时候欺骗老人比孩子还容易，只要拿现在的生活与以前相比，他们就会轻易上当。

门窗闭得再紧，小偷也会潜入。灯亮门开，连大盗也不敢贸然进去。出其不意，就能得到出其不意的效果。

"不以规矩，不成方圆。"一般地，以规才能成圆，以矩才能成方，而人们往往忽视了另一方面，即以规也能成方，以矩也能成圆。

把结果置之度外，成功与失败可能各占一半，无目标就不会促使自己努力，无压力有时却能意外获得成功。

"说容易，做却难。"未必都是如此，有时说难，做却容易，比如，从简单的事物中道出哲理，用简练的语言说出事件发生的经过。

皇帝与乞丐，生活中的两个极端，好比真理与谬误。

人与其他动物的区别之一还在于他能不定时地生育，也能有计划地生育。

还好家禽家畜不可能也无法计划生育，否则受害的反而是人类。

生活中预知对方可能答应但又很难对之启齿的事除了求爱，还有借钱。

自然灾害和体育比赛一样，随时都有可能打破历史记录。

写书投稿与买书翻阅有许多相似之处。有人写完书不一定拿去投递，有的可能永远也不想投递。买书也一样，买了之后不一定看，有的可能直到临终前还未看过。写书满足了表达的欲望，买书满足了占有的欲望。

青年须立足根基，中年应完成事业，老年要回忆往事。每个年龄段都有它的任务，年轻时倘若虚度，到了中年又一事无成，那么老年也只有嗟叹人生了。

"欲速而不达"，反过来，"欲达而不速"。

"容人所不能容"，除了君主与僧侣，就只有懦夫。

如果给予仅是为了逞能，呈出自身的优势，表现一种优越感，让对方自惭形秽，那么就有可能适得其反。

认识无疑会使人丰富和深刻，但这所需的代价并不是每个人都愿意付出的。

动物的各种疾病，在植物中有可能找到相应的治疗方法。

如果没有夜晚，人类是否还需睡眠？

电的发明，光的利用，延续了光明，缩短了黑暗，可真的是造福了人类吗？

因为不能成为大树，所以只好谦虚地称自己为小草。

追求的价值不仅在于它的成功与否，还在于它能给人慰藉和满足。

为了显示尊重而征求别人的意见，往往会失去应有的果决。取悦别人，则必然要委屈自己。首先考虑到别人，而后才想到自己，有时会被认为是做作、虚伪和不真诚。

利欲心的强弱与生活的快乐程度几乎成反比，一味地注重物质利益反会被它所吞噬。

领导的艺术在某种程度上也就是穿衣扣纽扣的艺术。

越是傻的人越能体现出他的真。傻是人性中某一方面在生活的多棱镜照射下所现出的缩影，它是纯朴善良的自然流露。我们总是希望别人身上有这样傻性，这大概是人性趋利避害的本能吧。

越是觉得自己没出息，越是希望自己的子女将来能够出人头地，人们便是在这种可怜的自我安慰中维持一种心理的平衡。也许正是这种平衡才鼓起人们繁衍后代的信心及继续生活下去的勇气。

成熟意味着：既要有一颗深切地洞察着世事的心，又要有一颗充满天真幼稚的心。

把全部希望都寄托在子女身上的人是没有什么希望的了，假如子女成不了他所希望的那样，那他便只有绝望。

与其花十分的心血寄望于子女的成才，还不如自己用一分的心血去努力。对子女的期望不宜过大，因为时代不同，所处的社会环境不一样。

揭露矛盾是一大发现，适应矛盾是一大飞跃，自我矛盾是一大创举。

理解——了解、尊重、宽容三者合一的一种感受。

一个重危的老人看着站在身边的一群子孙，颤巍巍地吐出"我已完成了自己的神圣使命"后就瞑目了，子孙顿时哭成一团……历史又翻开了新的一页。

人的眼睛为什么不能把白天的光明贮藏起来等到夜晚的时候再发放出去？这真是完美的人的一大缺憾。

瞬间，是美的质地；永恒，是真的证明。

伟人的超人之处就在于他敢讥笑自己，剖析自己，否定自己，他认为，只有自己才是自己最好的反驳材料，只有自己才是自己理论的有力证明。

蚊子吸血并不十分高明，它至少还给人的身上留下肿块，倘若一点痕迹也没有，那才叫做惨。

以新取悦人，必然会以旧厌于人。

无事可做不是坏处，自有一份悠闲在。担心的是想做的事做不了，不想做的事却又接踵而至。

"人非草木，孰能无情？"倘若草木有情而人无情呢？

单身汉的乐趣在于有时间、自由。如果有时间而又不能支配，有自由而又不能驾驭，那么这乐趣就会变成无聊变成烦恼了。

人的思想犹如一束火花，一道闪电，旋即就会消失，只有那些时刻携带灵魂摄影机的人才能把它摄住，然后经过纸笔加以澄清、冲洗最后才能显现出风景。

敢于拒绝需要勇气，至于怎样拒绝则是一门艺术。

停止了噪音，人们才倍感宁静。没有参照，谁也认识不了世界。

截取，既是渲染，又是衬托，为善也为恶，为美也为丑。

许多没有发生过的事情都有可能发生，许多发生过的事情都有可能再发生。

觉醒是痛苦的，沉醉的人更加意识到这一点。

生活给人的一点启示：与哲人交朋友，与文人谈恋爱，与仆人结婚。

身的漂泊与心的流浪同出于无依无靠，不同的是：前者往往被人理解，后者却常常遭人误解。

有时学会怎样投稿比学会怎样写稿更难。

生活多的是漫不经心，少的是刻骨铭心。

现实主义：脚踏实地。超现实主义：以车代步。浪漫主义：

乘坐飞行物。

来自厨房里的哲学：煎熬之后才有味道。

关于屁的两种美称：
其一曰："春色满园关不住。"
其二曰："墙里开花墙外香。"

简单即快乐，神秘即价值。

桌边球的精彩之处在于死里逃生——谁都想试，可谁都不想去试。

内向型的人富于创造，外向型的人善于传播，内外向型平分的人长于享受。

讲梦话的人从来不知道自己说了些什么，虽然这话明明是出自他们的口。

面对家庭，即便再超脱再浪漫的人也会变得现实些。你从家里索取到什么，你就应奉献什么。你在家里处于什么地位，你就应负什么责任。

家庭有时会使人产生一种负疚感。

难得糊涂，难道我们真的就那么清醒吗？

凡所接受的除了是别无选择以外，无不是由诱惑所致。

人们往往会对一个人为其朋友两肋插刀付出沉重代价而惋惜，可是谁不需要这样肝胆的朋友呢？

帮助与利用或交易的区别是：前者是没有条件和无偿的，里面含有一定的感情在。

一旦把事物看轻，世道看薄，人情看淡，那么诱惑也会失去作用。

不向朋友暗示他欠自己的债务但已忘记偿还和做了好事而不留名是同出一辙的。

愉悦生活与成功事业大都不能两全。只有那些把愉悦生活当作成功事业去奋斗的人，才能兼而顾之。

要想宽广博大，有时就得容忍恶。

能拒绝所有诱惑的不是圣人就是疯子。

《西游记》所以不能像《红楼梦》影响那么深远的原因之一是生活中浪漫主义者太少的缘故。

浪漫是一种情趣，一种态度，不管对生活是否满足。

何时灾难，何时就丰富。

生活中令人神往的就是无言的默契。

甘愿为别人而活着，无疑已具备了无私的美德。只是同样的一个人，这样做多少有悖于人的本性。

献身的精神即是不能为自己而活。其实，很多人都需要这种献身精神，但很多人又都不愿有这种精神。生活的结症就在这里。

只要是奉献大于索取的，就值得敬佩。

买书未必急着读，只要看一看那人买些什么书便大抵知悉其思想文化水平及所受教育的程度。

天才的一个特征是：几乎很少与人为友。他连自己都容纳不下，更不用说别人。

"祝你一路顺风"，如果遇上龙卷风那该怎么办？看来即便是再顺利的事情也有个意外。

不存奢望的快乐是自然的，惊喜的。
无中生有的快乐是不竭的，长久的。

谦让是孩童向大人跨进的又一门槛。

今天的阴翳，并不能阻止对明天黎明的向往。

当一个人承受耻辱而暗下决心想去报复时，往往会产生巨大的推动力，可一旦他真的有能力报复时，又会隐约地觉得对方毫无报复的价值了。

自身的成功是对对方最大的报复。

不感到贫乏则近乎富足。

不断的过程，是目标的主体。

有情的求理，无情的求法本无可非议。只是那些求理的却要求法，求法的却要求理那才令人迷惘。

付出代价，有时会适得其反，在失望叹息之后，又会丰富许多。

"万金难买少年贫"，除了身历坎坷而后发迹的人之外，谁还能体验得出其中的韵味。

一个人为别人活着会觉得很艰难，其实若只为自己活着则会觉得更加艰难。

只要把兴趣化为日常生活中的一项内容，那么它迟早会发放出灿烂的光彩。

创造是善于发现的人利用机遇的结果，发现是创造的催化剂。

健谈的背影是啰嗦。

求人帮忙与向人借债几乎同样令人难堪。

超脱的结果不是与现实相悖，而是远远跑在现实的前面。

空虚需要掩饰，至于怎样掩饰则已成为一门学问。

施主施舍被拒绝的自尊心比乞人讨乞未能得到的自尊心会受到更大的伤害。

佩戴金器，难道就能成为贵重，成为永恒？拥有什么，并非就能成为什么，有时反而会成为它的饰物。

选择是痛苦的，而别无选择更痛苦。如果有可能的话，谁都愿意全部体验。

睡眠给人的提示：人不可能始终清醒。

"情义无价。"大情大义无价，可小情小义终归还是要由具体的价值来体现。

五官中耳朵似乎最软弱，因为它丝毫不能拒绝来自哪方面的侵袭。

能一直保持着那旧，也不失为一种新。

不管是"物质上的乞丐、精神上的富翁"还是"物质上的富翁、精神上的乞丐",多少是值得庆幸的,怕就怕沦为精神上的乞丐,物质上又一贫如洗。

活着的人们有很大一部分是因为不知道自己为什么而活着,一旦这个秘密被人揭开,或者被人捅破,那么想必有很多人会失去活下去的勇气。爱情对此有异曲同工之处。

见好就收是一种深层境界,不是常人就能做到的。

在生物界,生命力最强的往往不是体积高大的东西,相反倒是那些微不足道的东西。一物降一物,天造地设。

一定的虚假也很有必要,太真实了有时候会让人受不了。

沉默总是让人感觉到真。

当我携带纸和笔的时候,就回想起童年提着粪篮握着猪屎夹夹猪粪的情景,有时一大早出去连影子也看不到,有时又会满载而归。

机遇和灵感一样,是可遇而不可求的。

许多人所以随波逐流是因为他觉得自己的行为不能改变习俗。如果他能一呼百应,作法有人仿效,那么即便是冒着生命的危险也会做出非凡努力。他担心的是死后不能瞑目。

问题的症结也就出在这里。

"食不过饱。"不单是对食物消耗如此，对精神食粮的吸收亦然。

在生活中有许多东西是无价值没意义的，如果一味地去探究，不但得不到结果，而且还会弄得晕头转向。

称赞别人的孩子聪明，是一种间接的恭维。
夸耀自己的兄弟姐妹如何聪明，是一种间接的自我恭维。

流浪者有二：一是受难，二是寻乐。受难者寻找归宿，寻乐者有家不归。

许多事物是不能下定义的，一下定义就走调。

酒的妙处不仅在于求得一醉，还在于酒醉之后的清醒。
只有大醉，才能大醒。

吸取一个沉重的教训，不知要走多少弯路。谁都不想生活在教训里，可又不得不生活在教训里。

如果中老年人刻意打扮是为了掩饰，为了唤回青春，那么年轻人刻意打扮就有点贬低自己的身价了。

一个人能否作为，只要观察一下其闲暇时做些什么即可推测一二。

当物质生活高度丰富之后，我无法想象人们会去做些什么。

道歉，除了礼貌之外，还包括对对方能否容忍的一点轻视。

人一旦平静到了极点，那么什么事都有可能做得出。

习惯一经形成，人就严肃许多。

保持魅力的一个方法是增加神秘。

学会逃避是明智的，不想逃避，除了坚强，还夹杂着少量愚蠢。

耳朵如能自动控制，那么噪音必定会减少许多，甚至连嘴巴也会感到寂寞。

循着自然，最低级的快乐往往也是最高级的享受。

有家归不了比无家可归更令人同情。

只有在同一环境下，时间才会公正。

"瞎猫碰上死老鼠"，幸运的是老鼠，而不是猫。

谅解与过错的关系是：一部分的谅解是因为对方的过错，而一部分的过错则恰是对对方的谅解。

世间万物，无分人虫，若能把母爱父爱转移一部分到同类或异族身上，那么我想，这世界将会是和谐的，值得欣慰的。

对客人的最大尊敬就是不把他当客人看待。

邋遢者有三：一是没有财力；二是没有时间；三是觉得没有必要，自认为不须修饰即能体现自身的气质。生活中少的是后一种人。

山不高是因为你在峰顶或在远处，要是你身居山脚，就只有仰视了。

看山如此，评事亦然。

偏则尖，尖则利，利则名。

水是生命之源，如果地球上出现了一种类似于水的物质，那么就有可能产生一种新的高级生命。

强者的一个很大特点是，既能像正常人那样生活，又能像非正常人那样生活。

借书不还确实令人气恼，这不是因为借书人穷得连买书的钱也没有，是穷还好办，给书钱便罢。可不还书不但给了书钱，还得花上那么多买书的时间。这份损失，如何用钱能够计算得清呢？

动物的许多行为，人类都可以模仿。

深刻要是写在肉里，有谁还会歌颂？

生活给我的一点暗示：以体验为主，以提炼为次。

不能提炼生活，你还是一个人，不能体验生活，如果不是身体的故障，可能就是精神的错乱。

即使成不了诗人，也要把生活诗化。

凡
尘
留
梦

语　言

每次听到有人在滔滔不绝地诉说时，我总是怀疑他大部分是在说谎，不论是作报告还是自我介绍。

骗人也有善恶之分，损人利己是谓恶，与人有利与己无害是谓善。比如今天对情人说，你是我唯一的爱，明天对恋人说，你是我最爱的人。谁知你是真心还是假意？即便是虚情也无妨，听了舒畅。

过程中的事物，大都不好评价，而一旦等到结束，那么评价也就大抵失却了意义。

讴歌的人，大都是站在对象之外的。

一本书价值的大小，大都取决于读者所花时间总和的多少。一般地，著作与阅读的时间成正比。

语言有如水，既懦弱无力，又无坚不摧。

人是语言的主子，事实的奴仆。

评论家——除了指手画脚外，就凭一张嘴。

作家像父母，除了认为自己的作品好以外，还有一个共同的感觉是：创作得越多，脸上越有光彩。

纯朴的散文如诚实的友情，朦胧的诗似浪漫的爱，而散文诗则脚踏两只船，总是想跨越界线。

发表了作品，无形中已向人炫耀了自己的才能，在一定程度上说也是虚荣的一种表现。最好的作品和最玄妙的禅一样是未能见之于众的。

评论有时比创作更必须。

大凡作家，很少有对自己作品满意的，这与其说是谦虚，不如说是炫耀。

空话有时也会产生巨大的力量，不然"希望与寄托"就不会促使许多人进步。

发表了作品，可谓是虚实结合的产物。创作为自己，是实，发表为别人，是虚。

如果说天才的作品是跨时代的，那么就可掂量一下那些顺应社会潮流作品的价值了。

有些作品也许只有读者才知道作者的写作目的，"当局者迷，旁观者清"，在作者与读者之间同样如此。

语言是一大创造，可也是一大欺骗。

创作比发表更能激动人心。发表只是得到承认，而创作则是自己对自己的承认。人们大抵这样认为，只有得到承认才有价值，倘若当时社会所承认的恰恰是无价值的呢？

行为虽是最有力的证明，但是当它碰上语言时，有时也得认输。

如果语言也能出租，那么又会出现一批暴发户。

评论最大的作用在于说出了作者想都没有想过的东西。

一个作家如果没有羞耻心，他的作品就不能臻于完善。

在所有的文字叙述中，最使我棘手的就是自我鉴定，不说不行，说了之后，又觉得比裸体于众目底下还难堪。

如果沉默即可表达，那么语言便成了累赘。

沉默大都是指"不为而非不能"的意思，很容易和"不能而不动声色"混为一谈。

感　觉

问心无愧：说起来坦然，做起来就不那么容易。

要求理解，往往已失去了被人理解的胸襟。

总结了一条经验，就不应再去总结第二条，经验多了，人们反而会不知所措。

应该得到的东西，当仁不让；
可能得到的东西，奋力争取；
不该得到的东西，忍痛割爱。
于是焦点就在于怎样分清"应该、可能和不该"之间的关系。

没有欲望，就谈不上满足。食欲性欲皆然。

在厕所的废墟上开家饮食店，生意说不定会格外兴隆。

人如果也能飞升，那么谁也不会满足眼前的交通工具。
只有感觉到缺陷和不足，人才会不断迫使自己去创造。

凡被儿童讨厌的人，不是儿童的早熟，便是那人的不知趣。

没有成功的欲望，就没有失败的懊丧。心静如水，同样令人向往。

站得高，看得远，也看得淡。看景物的感觉如此，看人生社会的变迁亦然。

绝妙的东西往往都是超常的，那可说是一种真到假时的境界，凡俗的人与通常的器官都无法企及。

从学校走到社会，人们的感觉大都是这样的：学校像一条小溪，单位如一条大河，社会似广阔无边的海洋。

你可以把美藏之金屋，束之高枕，但远不如一个拥有美的心情。

羡慕无际，一旦身临其境，很多人又不会以此为满足。

不要说"熟读唐诗三百首"，只要你专注于某一类书并多读几本，那么即便还写不出，也会蠢蠢欲动。

失意可，失恋可，而失眠则千万不可。

要说的话实在太多了，所以我只好缄口不语。

征服得了自己的男人，大都也能征服得了女人；征服得了女人的男人，并非就能征服得了自己。

预见自己能战胜它，并能起到积极的作用，这时人性中的善就会充分地发挥出来，比如救火或扑水救人等。

一幅再好的美术作品，也抵不上活生生的现实场面，再高明的画家，也不能淋漓尽致地描绘生活。有时我真不理解，人们为何不利用自己的眼睛到现实生活中去摄取呢？

舒适更能养成惰性，愉悦过后会倍觉得失落。

无法理解的东西比一看就理解的东西往往具有更大的魅力。

闭上眼睛，世界顿时在我眼前消失了……

对于快乐的索取往往是这样的：有人用钱才能买到，有人不用钱也能得到，有人用钱也买不到，有人不用钱根本得不到。

点缀在一幅优美环境画面中的人，你会赞他快乐、幸福和美，而一旦身临其境，你往往又不知不觉，那是因为你已溶入画，达到了忘我，从而失去感知的一种境界。

"同是天涯沦落人，相逢何必曾相识。"要是改"曾"为"憎"则又是一番景象。

美，只能凭感觉，不能靠体验。

当我们在感觉自己的存在时，往往感觉不到世界的存在；当我们在感觉世界的存在时，又往往感觉不到自己的存在。只有在大声呐喊"世界，我来了"的同时，才能把世界和自己融为一体，可是这样的叫喊几乎很少听到。

有由于自信而成功的，也有由于自信而失败的，自信是架于成功与失败之间的一座桥梁。

当感觉不到自己的存在时，我便返璞归真了，那么我也便成为一个人了。

凡是美，我总是尽力地追求，而追求本身就是一种美 。凡是美，我总是加以寄托，而寄托的同时，我又把它当作一种美来欣赏。

人是感觉的奴仆，理性的主子。意志强的人由理性支配，意志弱的人受感觉摆布。

意识到自己该做什么而且已经做到，有的活得轻松，有的活得沉重。

意识到自己该做什么但还未做到或做不到，大都活得滞重且忧患。

没有意识到自己该做什么且也没有做什么的人则活得悠闲而自在。

精彩常在险恶处，体验这种感觉，既快乐无比，又提心吊胆。

人往往是在痛苦来临的时候，才感觉到自己的存在。

"世人皆醉我独醒" ——何等的狂妄！何等的傲慢！
"世人皆醒我独醉" ——何等的超脱！何等的逍遥！

精神的痛苦源于责任，肉体的痛苦源于缺陷。

偿还别人的债务是义务，偿还自己的债务是责任。

自尊自爱的一个表现形式：自言自语。

让人立像，不是光荣，而是虚荣。
给人立像，不是虚荣，而是慕荣。

被人委曲和误解都是痛苦的，虽然有的终会水落石出，但有的也会一直蒙在鼓里，解释是人之常情，任其自然则是一个人修养的结果。

给人确定观念的人与其说是表现自己，不如说是求人接受。

美一经得到宠爱，就会身价百倍。

受人影响是幼稚的表现，想影响别人更是不成熟的象征。

幼稚有时比成熟更可贵，由幼稚转变成熟靠的是经验。由成熟回复到幼稚则是一颗永远年轻的心。

为人立传，只是想沾一点光。

复杂是简单的组合，永恒是瞬间的积累。

在所有的艺术作品中，美术是最注重自然的，这从裸体画中即可窥见一斑。

所谓超脱，即是面对现实而又无可奈何的一种逃避行为。

美中不足会令人遗憾，如果不足之中还隐含着美，那就太令人欣慰了。

麻木的一大好处是，不管受到怎样的奚落、咒骂与侮辱，依然可以无动于衷。
麻木是禅的一种表达。

"没关系"除了表明无所谓之外，还隐藏着对"对不起"的报复。

美一旦不能得到及时的承认，就有可能失去它应有的价值。

占有美是一种罪过。美一旦落入私人腰包，就会黯然失色。

以美为诱饵，总是有人上钩。

最深刻的哲理总是在最简单的事物中发现，同样，最伟大的哲学家也总是在最平凡的生活中诞生。

发明创作，思维决定存在的又一例证。

成熟就是把大事看小、小事看大的一种标志。

美一旦成为感觉，就必定具有永恒性。

有价不美，无价才美。

只要融入自然，就能纯洁和清白。

当人一旦感到自身长刺时，已对众人产生了蔑视。

美的确定，有时是靠量而不靠质，但量与质又恰好成反比。

由于缺乏，才会渴望，由于渴望，才会执着，由于执着，才会成功。成功的同时，往往又会感到缺乏什么。

虚伪只有在美的遮掩下才能被原谅。

雅趣无价。

记忆有方，忘却无法。

感觉一旦化为意识时就完成了它的使命。

越是美的东西，越难以表达。

美的事物一般是通过肉眼发现的。至于心灵美一说，正确的提法应该称为心地善良，区别于人性的恶。

保持美的最佳方法是沉默，其次是距离。

发现美，创造美，鉴赏美几乎同等重要。

美的事物，只能追求，不能占有。

用完美的心去认识缺憾，那么缺憾也成为完美；用缺憾的心去认识完美，那么完美也成为缺憾。

由美而爱而神，是感觉到理念的一次深化过程。

容纳得了残缺是走向完美的关键一步。

快感不等同于美感，但能引起快感的也大都具有美感。

灵感一来，我只得让它摆布。

生不由己，出于客观。身不由己，出于主观。

“要想人不知，除非己不为”和“要想人不知，除非物不存”，两者的实质是：凡是存在的，必定会被感知。

距离是另一种形式的沟通，神交和思念即是它的表达。

灵感就好比一团气，如厕之前还隐隐地感到肚里藏着，可出恭之后，却不知遗落何方。

五官对极致的东西感觉都很迟钝。

令人遗憾的是，凡是人所追求的东西大都不能实现，有时即便实现了，却又发现它离原来追求的又差了许多。

跟着感觉走，可感觉一旦出了乱子，人就会遭殃。

"大智若愚，大勇若怯"，是否"大愚也若智，大怯也若勇"？

尊重别人，只得委曲自己。

不为不是不能，但近乎不能。

自骂是解嘲，心中已有承受能力，被骂突如其来，毫无准备，并还自觉有侮辱的成分。同为一骂，内外有别。

对过程要以必胜的态度追求，对结果要以淡然的态度处之。

感觉到没有对手有时比感觉到对手更可怕。

你没有做过梦，就不能说已体验了睡眠。

由幼稚至老成是成长，
由老成至幼稚是成熟。

一旦意识到事物服务于人而非人服务于事物时，生活就会轻松许多，但另一方面，人若不能服务于事物，那么事物就不能更好地服务于人。

有对手，可怕；没有对手，可悲。只要有人感觉到你的存在，你便不能心安理得。

你能从毫无意义的事物中看出意义，说明你有一定的认识。你能从重大意义中感到毫无意义，说明你的认识已经成熟了。

我们的谈话出现障碍。
灵魂呼叫："症结出在这里。"

任何一个阶段都可作为结束，是圆，是缺，是憾，都只是结果的一部分。
有了残缺的心态，就能接受任何事实。

过目不忘令人赞叹，过目即忘也令人钦佩。

赞扬是因为自身的不足，指责表明你技高一筹。对某事的评价是高是低可见你与之相较的水平。

异性之间未曾谋面常常会作诗，见面之后诗泉可能就干枯了。灵与肉的分野由此可见。

有人说，一个欢乐分给别人，就变成两个欢乐，一个痛苦分给别人，就变成半个痛苦。依我看，欢乐只能独享，一旦分给别人就有可能引起妒意，弄不好一个欢乐只剩半个。而痛苦是无助的，很令人同情。把痛苦剖析是自私的，意在别人接受，这样一个痛苦就有可能变成两个。

浅情可以交流，深意难得沟通。

累是快乐的一个组成部分，旅游如此，恋爱如此，玩如此。

我所以混沌是因为不受感情和理智支配的缘故。

我不知道何时应该受感情支配，何时应该受理智支配，常常是应当受感情支配时却受理智支配，受理智支配时却受感情支配。

很多时候我是打着灯笼去寻找灵感，只有在极少时候它才悄悄地溜进了我的脑门。

情　爱

对于爱，了解之后回绝才令人心服，不然就有点冷酷无情。

结婚所以要般配的一个原因是一旦离婚各自都有一个好的收场。

务虚者求感情，务实者谈条件，虚虚实实，感情条件一把抓。

生活观反映到爱情上也就成了爱情观。

大概是感情不一定能满足，所以人们才会退而去提许多条件，一旦双方的感情进入白热化，他们大都会把条件抛诸脑后。

条件好比资本，感情就像管理，出色的管理者不一定需要雄厚的资本，而再雄厚的资本要是让给败家子，那么破产也就指日可待。

只要你认为是可爱的动物并倾注一定的精力去爱，那么你也将会被它所爱。
爱的回报率即便再低，也还是存在的。

"如果不是爱情的怂恿，我决不会去求你。"但如果爱情不反映到某一具体的人身上，那么爱情更会是虚而又玄，玄而又虚。

有人牵挂，既幸福，又痛苦。幸福的是不寂寞，痛苦的是不自由。

求爱时许多人都很盲目，往往只觉得自己陷入了情网，而很少知道对方的心思，但如果不是这种盲目性，爱情就有可能被扼杀。

大网网小鱼，谁也不甘心，反映在婚姻上，就会出现外遇。看来只有等待鱼网破旧的时候才能让人放心。至于小网网大鱼，未免是奢求了点，即便碰上了，也还随时担心它有失落的可能。

当我得不到小爱时，我就谈大爱。当我情有所钟，我就缄口不语。

"眼不见为净"，对食物来说是如此，对感情方面也是一样。

纵然被一百个女子拒绝，我还是要去追求第一百零一个。

恋爱的失败也许还在于当对方已经离你而去时，你还不相信这是真的。

爱情如同气球的浮力，家庭如同地球的引力。

出家的念头闪闪烁烁，可又始终阻止不了我对爱情的渴慕。我敢发誓，这决不是对世尊的亵渎。

有道是"男才女貌，天生一对"，殊不知"女才男貌"也很合得来。自古才貌不分家。

恋人的心态大都是这样的：只知求爱的滋味，不知被爱的感受。

失去了爱情而还能维持婚姻的，大都要靠财物做后盾，难怪婚前有那么多人唯利是图。当然，责任也有部分功劳。

为情人写情诗，人虽去诗犹存，此乃不幸中之大幸。

爱情所以要专一，是因为双方在恋爱之外或婚姻之外所得到的感情不均衡，抱怨的不是没机会，就是没能力。

没有沉重的打击，就碰不出火花，对硬的物体如此，于软的感情亦然。

"天涯何处无芳草"，与其说是因困乏于某一女子，不如说是困乏于爱。

在爱的领域里，情诗可读可歌不可作。

夫妇两人中，最先想要孩子的，大都是家庭中的配角，并且有一分自卑。

找到一个好对象，并不值得炫耀。而不找对象，这就有点值得钦佩，即便不说是圣人，至少也可说是一个非凡的人。

每对相爱的恋人大概都会感到他们是世界上最幸福的人，其实这是恋人们的偏见。但如果缺少这种偏见，那么他们不是相当理智，就是感情淡漠。

爱人或爱己，有时可以决定一个人的成就。

爱情是没有模式和定义的。用语言表达有时反而会把整个意境破坏掉。无限柔情蜜意尽在不言中。

没有爱是不幸的，一个人一生中只爱一个人也是不幸的，没有真正地爱过一个人那更是不幸中之不幸。

带感情去爱，那么爱是具体的痴醉的一种享受；用理智去爱，那么爱是抽象的淡薄的一种责任。

爱是感情和理智的混和物，在爱的过程中，应充分地投入，尽情地享受，但在爱之前或之后，就应清醒冷静地理智一番，不然就会后悔。

敢于去爱，也就同样敢于去死，没有为爱而死的勇气，就不能获得真正的爱。

一个自身生活能力很强的人，对婚姻往往会显得很麻木。

伟大的爱大都只产生于具有悲剧意味的情人之间。

一个国家的离婚率和它的文明程度几乎成正比。离婚并不可怕，可怕的是该离而不离。

结婚是孩子向大人行列跨进的一大门槛。

几乎很少看到有为情人介绍对象的，宁愿自己失去，也不愿成全别人。爱的独占性和隐秘性在此也可窥见。

生活中有没有情人式的妻子或妻子式的情人呢？也许要等到一定的社会历史条件下才会出现。

恋爱是男人的一件奢侈品，穷人是消费不起的，只有那些腰缠万贯的大亨们才能消受。

开花的不一定就会结果，爱情也一样。

征婚启事——说是征婚人等待应征人去选择，其实是应征人等待征婚人的选择。
只是一个时间的先后问题。

青年男女极力追求对方的容貌及才智，不仅是为自身考虑，还有更重要的一点是为后代着想。
爱的结果常会影响爱的确立。

失恋了而感觉不到痛苦和恋爱了而感觉不到欢乐的人，不是麻木就是缺少性欲。

理想爱情王国里的一个模式：为了使世界充满爱，就得用九分的精力去爱别人，用一分的精力去接受别人的爱。

热烈的爱有如烈性的酒，不是常人能承受得了。酒到酣处，最是逍遥，舒泰，过分了，不但会伤身，还会伤心。爱也是一样。

爱情的伟大程度与人的伟大程度几乎是成正比的，有怎么样的人，就有怎么样的爱情。你伟大，那么你的爱情也伟大，你卑鄙，那么你再曲折再动人的爱情也让人不屑一顾。

爱得不彻底是为了一旦日后负心而给自己留下一条后路。

把赌注压在爱情上的人得到的往往不是输与赢，而是惨。

夏天所以令人难受是因为它的热。感情也是如此，太热了人们同样会觉得不安。热如蒸笼谁还想妄动？

谁都想得到别人的爱，如果这爱不须回报的话。

虽然爱情是不能以财物为主导的，但一定量的物质基础确能使爱情更加璀璨，这好比感情是主食而物质是调料一样。

凡是觉得自己所羡慕的对象在心目中所占的地位越来越重要时，那么就可以称自己已进入了爱的领地。

单纯的初恋和丰富的再恋各有特色，一旦爱了，皆能把视觉留在美的上面。

人的可爱在于单纯，物的可爱在于复杂。其实，复杂的人和单纯的物也很可爱，只要含有一定量的真和美。

"不要和你最爱的人结婚"。这是痛心的哀叹，含泪的悲歌。如果不是到了山穷水尽的地步，相信谁也不会放弃追求，虽然它隐含一定的哲理。

成功的爱情并非就能孕育成功的事业，成功的事业往往却能得到成功的爱情。这是关于爱情于事业关系的先后立场问题。

爱情像花。一种一到季节就吐露芳芬，过后则无伤大雅。另一种花期过后还要结出许多沉重的果。虽然获取了丰收，却也增添了不少累赘。

爱情虽然美好，但只是生活的点缀，这犹如鲜花之于绿叶，无叶的花相当罕见，而且迟早会枯竭，有叶无花比较正常，谁也不会感到诧异。

一旦你成为我的爱，那么无疑你已接近于美了。

对美的感觉是永久性的，对爱的感觉是间歇性的。由美而产生爱是人之常情，由爱而发现美则是超凡脱俗。

用钱娶媳妇，买来的是服务，用感情投资，只能换来平等。
婚姻在某种程度上是一种交易，一种补偿。

性欲是肉欲和灵欲冲动的结合物，不管是哪一项行为，很难同时满足这两种欲望，因此也就很难替代它。

得到一个人的爱，其实并没什么，得到众人的爱，那才值得骄傲。但是这骄傲很有可能促使他得不到真正一个人的爱。

大爱只是优点，小爱才是全部。

有一种爱可以不顾一切条件，抛弃任何传统和道德而产生。一切殉情者，大都是这种爱的祭品。

太美了，往往令人不敢接受。

美比爱似乎来得容易，消失得也越快。失去美，顶多是一阵痛苦，可一旦失去爱，那就要痛苦一辈子。

面对爱追求自然与面对自然追求爱，二者殊途同归。

理想的伴侣应该是：当需要他时招之即来，当不需要时挥之即去。

于是，问题的焦点在于行动的一致与感知的默契。

结婚与独身，哪一个更接近于自然？上苍的旨意大概是既不提倡，也不反对。只要不至于灭绝，都是合乎人性的。

爱的悲哀是冷漠，它大都是从失恋者那里孕育出来的。

爱人是勇敢的，被爱是懦弱的，所以这一角色常常由女性充当。

一般地，崇尚生命和力量的人性欲都很旺盛。

只有"甜蜜的爱情，美满的婚姻"，没有"甜蜜的婚姻，美满的爱情"，其关键在于责任，它是介于爱情和婚姻之间的一座桥梁。

成熟的爱情虽然也不失为一种美，但或多或少地失去了一些幼稚的天真和盲目的冲动，以及令人难忘的茫然与痛苦。而这一切，恰是成熟的爱体验不到的滋味。

爱得简单而强烈，那是动物的本能，爱得深沉而有情趣，才是人类的感情。

一个人的生活方式是构成她爱情内容的基础。你五彩缤纷，那么你的爱情就丰富多彩。自己单调乏味，就别指望爱情上的浪漫醇甜。

性爱是情爱的基础，情爱是性爱的升华。

如果说婚姻是责任的话，那么结婚的人多数是勇敢的，因为他们敢于承担。
在窗外窥视的只是少数怯懦的哲学家。

结婚认真不得，一认真就会出乱子。结婚又不得不认真，一马虎就会后悔不迭。要是不结婚，到时候又会遗憾终身。做人真难。

戒指项链是枷锁，一旦戴上它，就把自己牢牢地束缚在指定的感情纽带上。

恋爱时，人们可以容忍对方把自己当傻瓜，但决不能容忍对方对傻瓜一样对待自己。

爱与美的相似之处在于会使人激动不已。

殊不知，"忠贞"二字不知压抑了人间多少感情。

一时为情所困是凡人，
一生为情所困是伟人，
不为情所困是神。

感情一旦成为投资的对象，那么它的回收肯定是：周期短，见效快。

事实上，最有情的动物在另一方面也是最无情的，比如人之较其他动物。

更使我悲哀的不是想得到他人的爱，而是没有人接受我的爱。

家庭既是感情的归宿，又是感情的绊脚石。一旦解体了家庭，感情就会发生一次革命。

一个伟大的灵魂者只爱一个女性，则未免有点狭隘。

恋爱问题不知困惑着多少人，找一个条件比自己低的人，对外人感到卑微，对自己感到骄傲，找一个条件比自己高的人，对外人感到骄傲，对自己感到卑微。

感情价值的确定在于使双方得到愉快，得到满足。

在整个爱心中，对人的感情只能占一部分，至于对某个人的感情，则只能是这一部分中的一小部分。而这一小部分，却是整个爱心中的精华。若把它除去，爱就会变得渺茫和空洞。

生活中独身的人数比离婚的人数要少，可未婚独身的人数却比离婚之后而独身的人数要多。看来婚姻即使再酸楚，也还是有很强的诱惑力。

婚姻的失败有时倒不是因为丑，反而是因为太美的缘故。

如果不够宽广博大，
你就得寻求依靠。
一旦失去了爱的力量，
你就会被生活所抛弃。

爱一经解释，就只剩下一堆枯燥的文字说明。

每个人的一生中只能有一次恋爱，即初恋，至于以后的再恋，那只不过是前次的重复和补充。

每一个拒绝你的情人及每一个离你而去的恋人即便不能改变

你的一生，也极有可能改变你的人生轨迹，所以曾经爱过的人值得怀念。

许多愚蠢可笑的行为也只有在爱的遮掩下才会被原谅。

有人说婚姻似鞋。不管新鞋、旧鞋，穿久了自然合脚，婚姻亦然。在还没有破裂变形之前，谁也舍不得扔，除非大款。

交际舞的兴起，为性压抑打开了一片天窗。

爱的内容是一样的，但形式各有各的不同。

做新娘是愉快的，若再来一次可能就不那么愉快了。

理想婚姻的前提是，单身时各自都有较充实的生活，一旦结合以后，就会锦上添花，双方不会因为一时的别离而感到寂寞。

痴情：知情者痊愈后留下的后遗症。

人说爱情诗五分之二是在求爱时写的，五分之二是在失恋时写的，而其中绝大部分是在分别时写的。其实，相爱的人在一起本身就是一首诗，还有写诗的必要吗？

从总体上讲，结婚只是一个人的义务，如果不是为了这义务，我想独身的人数定会成倍增加。

社　会

一旦觉醒，什么意境都有可能被打破。难怪社会上有那么多的"难得糊涂"者涌现。

锁是划时代的产物，它的产生与消失总是伴随着文明的衰落与兴盛。

出国风方兴未艾。

国人的悲哀在于"倒插门"，其因大都是因为穷。家人如此，国人亦然。

要了解一个社会，仅借助新闻报刊等道听途说的消息，只能得知十之一二。

每一个成功都隐含着忧患。

成家立业，这家大都成得勉强。立业成家，这家大都成得欢欣。

自由确实是令人向往的，至于能否达到这一境界，倒还不是当务之急，人们所不满足的是该自由的不自由，不该自由的却又开了绿灯。

作恶的心是不分行业的高尚与卑劣的。

旧有出仕之后而隐居，
今无为官之后而退让。
世逝时移，待遇迥异，人心不同。

自然的美好愿望：平等。可要是真的能够实现，那么不但是
人类难以持续，就是自然界也迟早会覆灭。

一个对社会现象怀有不满的人，如果不是因为责任，就是自
觉有点吃亏。

梅花——种族的叛逆者，季节的弄潮儿。

父母对子女可以顺从，可以终身忍受苦难，而子女对父母未
必依顺，有时甚至是叛逆，也许正是这样，才使社会得以发展。

用行动只能征服一个朝代，一个社会；而思想则能主宰几个
世纪，甚至会波及整个人类。

悲观主义者睁大眼睛看社会；
乐观主义者眯起眼睛看社会；
不悲不乐者只是眨眼。

"登高而招，声非加疾也，而闻者彰。"同样，一个人所处的

地位亦然。一个平常的人即便强调一个非常的道理，恐怕也没有多少人去理会。而一个非常的人发出一个平常的号召，都会应者如云。

人具有社会和自然人两种特性：社会人失去太多的人性，自然人存有太多的野性。

文明的很大一部分是由虚伪构成的，撕掉虚伪的核心部分，那么文明也就只剩下一个躯壳罢了。

文明人想我应该为他人负责任，野蛮人想他人应该为我负责任。

做人基本职责：生我的人不后悔，我生的人不抱怨。

如果人不需睡眠和吃饭也能生存的话，那么我们肯定会觉得烦躁不安和不知所措——活着到底应该做些什么？

团结的很大一部分是源于侵略和灾难。

大自然养育了我们，可我们反过来却肆无忌惮地破坏它，幸亏其他动物还未觉醒，或者觉醒了还未联合起来，不然我们就有被驱逐出地球的威胁。

财富只能靠自己的思考劳作而获取。物质财富的馈赠，会造成一个懒汉，精神财富的给予，则会培养一个白痴。

数学不等式："3+2>1."人学不等式："3+2<1."

官场和战场，是失去人性的场所。

我们时常抱怨人多带来的忧患，可一旦真的少了许多人，不知又要唠叨怎样的寂寞了。

人有雅俗之别，也有正常和不正常之分。雅和不正常的人属少数。社会是由正常的人组成，由不正常的人推动。

钱是肮脏的，除了从造币厂里刚拿出来的以外——仅从它本身的属性而言。

人只有在艰苦地改造社会和痛苦地征服自己时才能有所作为。

超脱的狐狸永远也吃不到葡萄，而现实的蛤蟆往往却能轻易地吃到天鹅肉。

社会对人们似乎很宽容，它从不计较人们从它那里索取什么，索取多少，它只要求人们做他们自己所要做的，负他们所要负的责任及承担他们所要承担的义务。至于那些格外地负责任和承担义务的人，社会也只是微笑地报之以谢谢而已，从不苛刻地强迫他们。如果社会规定人们索取什么，索取多少，就一定要相应地奉献什么，奉献多少的话，那么我想就不会有那么多人在大手大脚地挥霍他们不知从哪儿得来的财富。

人们不可不有菩萨心肠，但也不可全有，否则社会就不能发展。

奉承拍马的人即便春风得意也难脱掉身上的奴性，最令人担心的是他们有可能把身上的基因遗传给下一代，一旦"有其父必有其子"，则姑且不论增加多少社会恶习，而他们也永远只能当奴仆，无非高级一点罢了。

如果可能，以自己的行为去证明他人的理论，也是一种作为。

如果成绩是一个圆，那么自我便是圆心，环境便是半径。

赞美纯朴的人往往更善于欺骗。

秘密是因为双方之间的不理解，如果坦诚相见，相互依赖，相互理解，那么秘密即可消除。

不知道真的，那么也就无所谓假的了。

遗产是父母觉得有愧而给后代留下的一种赎罪的补偿。

羡慕和嫉妒是双胞胎。只是羡慕含有善的一面，嫉妒含有恶的一面。

凡是大众俱有的东西，谁也不愿意丢弃，即便它丑陋无比。

名人的执着叫顽强，凡人的执着叫顽固。

劳心者和劳力者都是令人尊敬的，既不劳心也不劳力才是社会的累赘。

所谓道德，说到底也就是一个人负起作为一个人的责任而已。

存在，既是一种结果，也是一种回答。

许多人仅仅是出于责任和压力才想到结婚的。当你独自生活也能感到愉悦时，那么对于婚姻问题就得慎重考虑了。

合群者合性，孤独者孤心。合群者以群动体现，孤独者以独静陶冶。

让人学习纪念的东西，它带来的利益有时抵偿不了它的祸害。

想出名又想极力维持这个名声既是困难的，又是愚蠢的。

只有健全的社会，才会尊重自我，崇尚自我。病态的社会总是一方面倡导为别人，另一方面则又利用别人为自己。

越是为大众服务的越不会感到痛苦，劳心者如是，劳力者亦然。

画家在自然面前只是一个组成部分，当他举起画笔的时候，不是想和自然分开，而是想怎样才能和它紧密地结合在一起。

越是著名的人物，越不会大谈特谈自己的成功经验。

许多人努力的结果，不是避免让人评论，而是力求让人评论。

真正的秘密应是那些完全看不见摸不着的东西，有时甚至连自己也搞不清它到底藏在哪儿。

随和的人善于交际，至于任性的人则往往会创造出许多奇迹。

为业，越是执着，成功率越大；为人，越是随和，交际面越广。

人，在哪一种场合里，就应以哪一种性格出现。

"己所不欲，勿施于人"，假如"己所不欲"正是人家梦寐以求的，那你还施不施于人呢？

物无定论，特别是在与传统冲突的时候。

"研究"这个词本来是很神圣的，可是用到中国的人际关系上就大大地贬值了。

历史上为何政治家被杀的多而文人又自杀的多呢？有没有政

治家自杀而文人被杀的呢？如果真的出现这种情况，不知道社会会变成怎么样子？

藏污纳垢之所，往往也是人云集最多之地。

艺术家：心野，浪漫，情人式的创作。
科学家：心专，实在，妻子式的研究。
文化和技术，维系着他们之间的关系。

求于人时，利益总是走在自尊的前面。

出人头地是人的本性之一，只是有人表现得突出，有人表现得深沉而已。深沉者，一是由于无奈、无能，另一是不动声色。

一边歌唱，一边与众人握手，不是亵渎了听众，就是亵渎了艺术。

榜样引起的反响可反映时代社会的风气，越是强烈，越是说明榜样的匮乏，道德的败坏。
树立榜样的社会，必定是个丑陋的社会。

生命是珍贵的，这只是对一个人而言，要是从整个社会来看则未必如此。越是普遍，越不能显示其价值。

无功受禄比有功而不受禄更令人惊诧。

"前不见古人，后不见来者"，只有英雄才会殊途同归，异口同声。

除非必要，否则没有人想去改变传统和观念，因为这样的代价不是随便就能付得起的。

动物的美体现在力和健上，而力与健则显示出生殖力的旺盛。作为高等动物的人类也是如此。

"圆"促进了运动，它的利用是一项划时代的创举，我想利用它的人想必是受日月的提示。假如日月是方的，那么人类不知还要蒙昧多少年。

当下一代人的生活比不上上一代人的生活时，社会就有可能发生革命。

当人们呼吁应该保护动物时已对同类产生了厌恶。
可惜的是，当一种动物濒临绝迹时，人们才感到保护它的重要。动物是否已经识破了人类的伪善？

自私正常，不自私不正常。

科学有时造福了个人，就不能同时造福人类，造福社会。这是美中不足的一种现象。

诚实和欺骗似乎是一对冤家，一旦它们和亲，人们就会被迷惑。

维护一种友谊，有时不在于怎样亲近，而在于怎样疏远。

倡导纯朴，就得容忍无知。

植物再多，我们也不会受到威胁，这犹如祖辈遗留下来的财产不必担心被邻人瓜分一样。

文人执政，受害的不是文学，而是政界。
政客著文，遭殃的不是政界，而是文学。

天才的悲哀在于还是要通过行为与作品才能体现。到底有没有例外呢？

我们对伟人感兴趣的总是他平凡的小事，对凡人感兴趣的却是他不平凡的大事。这是一种社会的视觉平衡。

性格太倔强，很令人受不了，要是名人尚可谅解，倘若是凡人，则注定要孤僻一辈子。

做了好事之后能得到好名，可是得了好名之后好事往往也销声匿迹了。
我不知道这是一种怎样的因果关系。

倘若没有对手，英雄也会变成狗熊。

距离让人思念，它兼有疏远和亲近两种功能，巩固一种友谊，实际上就是要保持一定的距离。

如果一个人是为了拒绝声誉而更加著名的话，那么他所能选择的大概只有死路一条了，如果死后还不能让他安宁，那么他下世必定不想再投胎为人了。

　　如果说苦难是一笔财富，试问有几个人想占有它？

　　国王不求任何人，乞丐乞求任何人，国王看乞丐比乞丐看他自己会更觉得是耻辱。

　　有意接近邪恶，说明自己有展示自己邪恶的勇气。至于用意，还得看他的举动。

　　"明确责任"诠释：事情一明确，责任就重大。

　　僧侣既是人类发展的活化石，又是人与自然关系的纽结。

　　强调的悲哀有二：一是贫乏，二是强调者自己往往不是强调的对象。

　　孩子和大人的区别就是，说好就好，说散就散，说打就打，直截了当，决不见风使舵，拖泥带水。

　　人性是不容压抑的，否则就是戕杀。

　　一件新事物的出现，大都伴随着正反两面而来。若只偏向一方，不但不正常，而且也不会持久。

贫穷不是罪过，但贫穷的遭遇比罪过还糟。

过早地接触文明，往往会对幼小的心灵产生戕害。

自然只是希望人类去认识它，利用它，并不希望人类去征服它，改造它。

秘密一定格，就是泄露。

伪善为恶乎？

判断一个人的价值很大程度上还在于他所做的事到底有多少人能够代替，一般地，可代人数的多寡决定了他价值的大小。

报上渲染，某某做好事不留名，云云。我不知道当事人看了之后会作何感想。我真担心他日后不会再去做好事。

"忘记过去就意味着背叛"和"过去的事情就让它过去吧"，反映两种不同的心态。只是在不同的环境要根据不同的情况而定，在应该忘记的时候就要忘记，在不该忘记的时候就不要忘记。

人的堕落，是社会的产物，还是人性的遗传？抑或是兼而有之？

当我们有求于人时，总是希望人间充满爱。

中国人崇尚自然，但不大尊重人性，这从许多艺术作品中即可看出，比如绘画，好山水居多，文学上描写女性的美，也喜欢用杨柳樱桃来比拟，远不如外国人那样，大胆地突出臀腿和乳房。这与其说是讳忌，不如说是失礼。

"重赏之下必有勇夫"，"时世造英雄"，都只是一种机遇而已，在什么样的土壤里就能培养出什么样的英雄。

种族只有在没有对手的情况下才会勾心斗角，人便是自然界中较为突出的一例。

伟人的心是相通的，它不受时空的限制。

出名的东西不宜过多，一多就遭殃。

即便是一个梦，也得有一定的环境。

道德家一讲道德，你就得远离他。

一个有争议的人，他的成功一部分来自成绩，一部分来自争议。

热一旦成为气候，很多人会觉得不安，这不单是指天气，还有感情、名声、社会风气等。

借款不还是无赖，叫人不要还，则除了慷慨，还包含着轻蔑。

讲话如同脱衣，说到底还是知耻的问题。

当个人成为自己的时候，社会消失了。当群体成为社会的时候，个人消失了。

聘金一经出现，人就处于受雇的行列，无形中也降低了自身的地位。这不单是指公司里的雇员，还指中国广大农村里的已婚女性。

歌手的成功很大程度上不是他唱的水平，而是他的情是否感人。

事实上，许多成功都是从侧面体现出来的。

天才有时能容纳得了无知，有时却容纳不了智慧。

伟人的灵魂有两个显著的特征：孤寂自身，奉献人类。

聪明的人总是把历史抛在脑后。

只有自然界的平等，才有人类社会的平等。

"丑恶现象""丑恶行为"，自然的"丑"什么时候和人为的"恶"沾上边了？

当自己的童年比子女的童年还舒适时，如果不是因为社会的因素，就是家庭的性质发生了变化。

丑是自然的产物，假是社会的产物，恶是自然与社会相结合的产物。生活中使人不能接受的往往不是假与恶，而是丑。

美不能容忍的东西就是恶。

高度发展的社会与极端落后的社会总是有许多惊人的相似之处。

无疾而终——理想社会的理想愿望，于人于物皆如此。

聪明而不能创造价值，不能利于社会，那么就有点令人担忧。

母亲是伟大的，但伟大得过于普遍，所以就显得平凡。

所谓不平等，也就是所付出的劳动与所得到的利益不相称。

与人交往，只知其真善美，而不知其假丑恶，则不能算真正了解。

一个出色的领导几乎不需要疚愧和忏悔。

在还未成名之前，十有八九的人没有资格蔑视名利，好比一个未成年的人没有资格去死一样。

"求"字当头而能为之的，看来只有求学与求爱两种，说到底还是沾上求人的边儿。

"有心栽花花不开，无意插柳柳成荫"，其实是一种例外。在大多数情况下，有心栽花花会开，无意插柳柳枯萎。只要努力争取，离目标就会越来越近。

注重过程，不在意结果的，只是一种心理平衡。一般地，有怎么样的过程，就有怎么样的结果，有谁见到种瓜的会收到豆子呢？

凡尘留梦

哲　学

　　斯多亚派著名哲学家古罗马皇帝马可·澳勒留写《随想录》而称著于世。哲学和政治居然也能相融于一体，不能不说是一个奇迹。

　　哲学家研究的对象最多的还是他们自己。搞哲学其实再简单不过了，既不需要精密仪器，也不需要厂房设备，甚至不需要纸和笔。有时真怀疑那些痴呆者和精神病患者也是哲学家。

　　哲学有时也很简单，倘若有人问你："你是谁?"那么你会不假思索地做出回答；倘若你反问自己："我是我自己吗?"那么你无疑已具备了哲学头脑。

　　哲学家往往是正视自己后才正视社会，文学家则是正视社会后才正视自己，社会和人是他们共同研究的对象。

　　社会是由绝大部分正常的人和极小部分不正常的人组成的。正常的社会不需要很多哲学家。

　　哲学家蔑视一切，当然包括他自己。

哲学家是非常自私的，因为他面对的更多的是自己。

哲人和诗人都是充满激情的，不同的是哲人是冷峻的，而诗人是狂热的。

我们常把许多不能解答的人生问题都推给了哲学，哲学可是一个疑难的收容所。谁若涉入其中，那么他就会成为令人猜测的无法解答的疑问之一。

哲学是金币，可以在全世界流通。

哲学家探讨更多的是怎样提出问题，至于怎样的分析和解决问题，那倒还在其次，而对于科学家来说则是同等的重要。

一般地，智慧越高，对实惠考虑越少，反之亦然。
精神和物质的代沟即在于此。

哲学和科学一样，不会因时空的变化而改变自己的使命，而文学有时就不得不作为笔杆子而充当时代的角色。

认识了血和泪，也就大体上认识了哲学上的物质和意识，世界观和方法论。

哲学上最基本的问题不应是物质和意识的关系问题，而应是男人和女人的关系问题。
没有男人和女人，哪来的哲学？

"物质第一性，意识第二性"，只有在饥饿的时候是如此，一旦吃饱喝足，许多人会把它们的关系颠倒。

禅——你说什么就是什么，你说不是什么就不是什么。一句话，你说了算。

哲学的本意是想把问题说得清楚些，明朗些，可事与愿违，不但问题不能解决，反而越说越糊涂，越弄越复杂。这真是"早知今日，何必当初"。既然如此，也只好豁出去了。

科学从混沌走向清醒，哲学从清醒走向混沌，二者肩负着同等的使命。

如果存在是合理的，那么意外本身就不意外了。

严肃的矛盾很容易成为哲学上的问题。

一两个矛盾往往会被人讥讽，无数个矛盾足以使你成为一个哲学家。

问题不一定内含矛盾，可矛盾必定是一个问题。

"人之初，性本善"与"人之初，性本恶"都不妥当，更多的是善中有恶，恶中有善。

一旦揭示了本质，事物往往就会失去趣味。

如果无聊也有名额限制，那么哲学家恐怕也会千方百计地跻身进去。

"你根本就不知道女人生育的痛苦。"
"活该，谁叫你们把苹果吃得那么快。"
生命的启蒙哲学就这样诞生了。

哲学是靠学来的吗？哲学不是靠学来的吗？

哲学是男人创造的，可他们谈到人时矛头总是指向女人。我敢断言，褒扬总是比贬抑的多。没有女人就构不成哲学。其实质大概在于，她们或多或少可以对生命的起源做一点解释。

哲学是一种信仰，哲学家大都是自己的信徒。

真理如果不能造福人类，那么它究竟还有什么意义？

没有哲学的社会会变成荒漠，而只有哲学的社会则会造成灾难。

即便是简单的哲理也要经过复杂的思维才能揭示。

一个真正的哲学家，也许并不想发表自己的言论，只是迫于无奈，才把自己连同羞耻心一起示众。

人　生

一生中，发一两次誓才觉得可贵，多了，就会被人耻笑。

独立性强的人，除了不想依靠别人之外，一般地也不想让人依靠。

价值一般与所属人数的多寡成反比。唯身价捉摸不定。

"大海是宽广的，比大海宽广的是天空，比天空宽广的是人的心灵"，而比心灵宽广的又是人的躯体。至于人的躯体与大海相比则又是沧海一粟。

人是伟大的，可又是渺小的。

困惑的程度几乎与深刻的程度成正比。

价值的确定起始于自我，公认于大众，证实于社会。以自己的生命去换取自己的价值。生命与价值连成一片。

与世无争不等于与己无争，与世无争反映的是一种淡泊的心态，而与己无争则永远是一颗懒散的心。

上苍为什么赋予人的身体机能是那样的公平，而给予人的命运却又是那样的不公平？

面向天空，环视尘寰，人生自然短暂。立足社会，遥望星辰，人生随即漫长。

先做人，后做文，再做文人。

人与动物不同的另一因素是：人与人的命运绝不相同，而动物一般没有这个区别。

命运给你一条路，一旦你觉得有必要，就应去闯出另外一条路。

职业外的兴趣和爱好，可以焕发人生的第二次青春。

个人价值的确定取决于其所属范围的大小。

人生的矛盾不解决，我们会觉得蒙昧，人生的矛盾一解决，我们会陷入新的蒙昧。

裂痕，裂痕。
我们倾斜了……
诅咒——命运？
不，原谅它吧。
　　　　　　　　——写在毕业前夕

寻找有如创造，是一种极大的快乐，这种快乐的本身不仅在于它的结果，还在于它所付出的劳动及代价，这劳动和代价的结晶便是价值。

理想永远是一种现实以外的东西。有没有一种现实的理想呢？

对于宗教，我始终是虔诚的，敬仰的。但我不想涉入，只想站在门外窥视。

如果第一个矛盾不揭露，也许我们还不至于这么困惑。

如果一个人能在人生的账目上做到没有赤字，那么这人也就富足得可以了。

世上有相信命运、不相信命运和可信可不信者三种。
相信者：每件事都是上帝事先精心安排的。
不信者：过去的事情现已知晓，而谁能知道将来会发生什么？
可信可不信者：看来只好观上帝的脸色行事了。

天堂中的地狱，地狱中的天堂，你愿选择哪里？

人间是天堂和地狱的交叉口，一部分人上了天堂，一部分人下了地狱，还有一部分人不知所措，一直绕着交叉口徘徊至今。

"宠辱偕忘，把酒临风"——何等的豁达，何等的洒脱。能醉到这样的仙界里，人生足矣！

谁敢否认许许多多碌碌无为者不是悟到"死去万事空"而看破红尘的缘故。

越深刻越痛苦，这一点不但从伤痕里可以看出，而且从人的思想里也可窥视。难怪有那么多思想家痛不欲生。

彻底地看，饱食终日无疑是充实的。然而，如果分解一下这充实的过程及每一个细节，那么难免就有点浑浑噩噩了。

空虚是有福气的人发出的感慨，那些苦苦劳作的人永远也享受不了。

落叶归根还得有个前提：没有风吹。
落叶如此，何况人？

严肃人生，轻松生活。

命运一旦达成默契，谁也无法抗拒。

当人想要去伤害别人的时候，那么他的恶性已占了上方。

理想和现实的冲突：灵魂力求复杂与丰富，躯体希望简单与平凡。

有人用劳作书写自己的历史，有人用他人的历史填充自己的历史的空白。

人一旦惨遭不测，往往会自慰——也许这能成为下一步命运的转折点，以此来渡过难关。

真不理解：越是大众化的东西人们为何越是避而不谈？比如性与恶。是有意回避？还是心照不宣？沉默在此又发挥了作用。

过去的辉煌成就，只不过证明昔日的能力，倘若现今不再进取，还是不要炫耀的好。

如果真的有命运存在的话，我想不知道还是比知道的要好，一旦知道了自己的命运，就会坐等其命——反正已注定，努力也是白费。正如有人说得好，"命运还是有的，但它总是拜访那些随时准备迎接它的人。"

相互矛盾会令人困惑，从不矛盾有时则更会让人寸步难行。

一味地追求价值，往往会失去过程本身的价值。

成绩和个性在某种程度上存在着一定的关系，成绩的大小往往取决于个性的强弱。

一个人的成功与否，最主要还是取决于人的意志。

忧患即是深刻？谁都想深刻，可谁都不想无端地忧患。世上哪有这等便宜事？

人生的诸多问题越是追根刨底越是解释不清，越说明越糊涂。有时还是沉默一点的好。

深刻总是带有一定偏见，严密一般做不到这一点。

人的价值和尊严在物质面前或多或少会贬值。

往往是出于自信，许多人会奋不顾身地扑水救人，如果事先预知此去可能不返，想必会有很多人不敢冒这个险。
在死亡面前，人们总是有所畏惧的。

虚荣是极力想让人认可却又得不到认可的一种无用努力。

人的可悲之一是既不愿随俗，又无法超脱。

承认自己的恶，难道就可为非作歹吗？

承认了恶，是为了鞭策自己行善，不然，承认与否无关痛痒。

时间是命，空间是运，时间和空间构成一个人的命运。

谁若没有虚荣心，他就有可能一事无成。

虚荣用得恰当，也能成为上进的动力。

超脱并非一事无成，而一事无成往往超脱。

好命：除了好活之外，还要好死。

扼杀人性有时也很有必要，比如惰性与恶行。人性的呼吁越高，往往越想得到庇护。

限度是人生的指南。

暴雨来临之前，人们的心情总是躁动不安的，暴雨之后，心里会倍觉得轻松。同样，人对命运的定论亦然，是死是活，知道之后便复归坦然。

越是灾难越会显示出人的本性，当剩下的食物足以决定一个人的生死存亡时，这时就可判定人性是善还是恶了。

矛盾一解决，条理就清楚了，可滋味却变淡了。

忍受得了喧闹与忍受得了孤寂几乎同样地令人钦佩。

清静无为也能成为人的理想吗？也许理想的最高境界就是清静无为。

对于一个坚强到丝毫不肯接受任何帮助的人，人们除了敬佩，就剩下畏怯。

不近人情：残忍和坚强几乎各占一半。

热爱生命相当一部分是想承担更多的责任。至于享受，有时倒还在其次。

面对佳肴，谁还会感叹人生的虚无？只有远离现实，才会使人想入非非。

"苹果落地"，除了证明地球的引力之外，还说明了超脱的一定成熟。

身漂泊，心流浪，人生大难不过如此。

实际的人就是把人生看得很漫长，超脱的人就是把人生看得很短暂。实际的人创造社会又毁灭社会，超脱的人热爱自然又返归自然。

人类的恶只有自己才能承认，一旦被人揭开，就会疼痛难忍。

事物一旦成熟过度就会糜烂，完成一次生命的循环。思想的形成亦然。一旦看透一切，就会觉得什么事都毫无意义，什么事都不值得一做。

人是人最后的对手，也是最强的对手。

缺乏理解的一个很大因素是人们不愿袒露自己恶行与劣性。

不管是想得到经验还是教训，二者所付出的代价几乎是一样的。

医学越发达，文明的程度化越高，人体的免疫力就越弱。我不知道这是庆幸，还是不幸。

文明大都不是合乎人性，而是戕杀人性。

道思儒行，人生佳境。

只有认识结果的意义，才会不顾过程的艰辛。行程难，怎样决定实现目标之后的去向更难。

即便人生如梦，也要圆一个好梦。

马斯洛认为人类有五种基本需要，即生理、安全、社交、尊重、自我实现的需要。这只是入世的需要而已，要是从出世的角度看，就有淡泊、静默、死亡等等的需要。

不甘寂寞，首先要耐得住寂寞。

所谓经济的竞争，也即人才的竞争；人才的竞争，也即聪明才智的竞争，而聪明才智的竞争最终还是意志的竞争。于国于人皆然。

对于尊严，人格的高尚与卑劣往往会采取同样的态度，高尚的人会以博大的胸襟宽容一切，而且愈是高尚，愈是如此。卑劣的人根本不在乎自己的形象，同样，越是卑劣，越是这样。

人只有在大灾大难面前才会略显得平等，平等是低等动物社会里的特性。在人类社会里，不平等是常态。

因为太难做到了，所以只得把它当成口号提出来。

人生本没什么意义，不管是从时间长度或空间维度来说，个体实在是太渺小了，不值得一提。禅语："菩提本无树，明镜亦非台，本来无一物，何处惹尘埃。"说的就是这个道理。因为探讨人生意义的人多了，所以便有了所谓的意义。

第四辑　无味斋笔记

无味斋笔记

夜。饿极。瞄准邻家菜园，趁夜幕掩蔽，一人放哨，另一壮胆潜入，"快刀斩乱麻"速战速决，摘得烂菜数片，回屋后和面果腹。宵夜若此，别有一番滋味。

1991.2.2

食堂里饭盒时有丢失，于是忍辱在盆侧醒目处写着"病号"二字，"梁君"对此敬而远之。数月内，盆子安然无恙。

1991.8.7

偶到商场，见一标牌"不惜血本，忍痛削价"西服，心中窃喜，自以为完成本年最成功一笔交易。因不合身，凉挂半年久，终于壮胆让它见天日。不日，背后感觉有人指点，并夹杂私语窃窃。猛然忆起"哪个背后不说人，哪个背后没人说"，于是，神情焕然，昂首挺胸，作目中无人状。

1991.11.15

去岁春日，下乡镜洋，与永红通信，自定格式，摹一词《沁秋情·咏红》曰：

缠绵岁月，凄凉天气，寂寞心情。孤身伴斜影，欲诉无伴。人在天涯。

窗外霏雨无数，丝丝入骨。晚秋残冬已去，春更愁煞。盼鸿雁翩翩，却是音讯茫然。奈何？奈何？

扉锁景致，满室妖娆，窥视几多无语。心笃似流，一经所向，不折不挠。试问门内娇人：知否？知否？

花开花落，秋剩几何？

信如石沉大海。几经曲折，看无望，遂弃。

1992.3.8

久求有情人不得，遂向一女牢骚：我诗遇你只成人，他业扬名便是家。如今该女已嫁，我孤依然。

1992.10.12

日暮时分，偕友上山。清风拂面，心旷神怡。树葱茏，花妖艳，一派蓬勃景象。下山途中于路边拔一小苗，次日移植花盆。不出数日，神色凄然。"一方水土养一方人"，更养一方树木。俗语云：树挪死，是为戒。

1992.3.24

偶翻初中语文课本，味醇情浓，如痴如醉，仿佛回到少年，不忍悉手。能入为教科书的，必为大家。叹年少不珍惜，虚度年华，老大为时已晚，徒剩伤感。

1992.4.15

散步田野，偶见一被农人遗弃芋头，孤苦伶仃，然鲜嫩可喜。怜惜之情油然而生，"众里寻他千百度"，后移植废井边肥沃处。三日后见之，粗枝大叶被牛啃去大半，奄奄一息，然又无能为力。每念及芋头，感慨许多。

1992.5.24

家徒四壁未必穷极。有一儒贫困潦倒，自称家徒三壁，并注释：一壁门，一壁窗，一壁茅草一壁空。

1992.5.25

翻开去岁日记，只见 6 月 1 日写道：二十年前也是好汉一条。

1992.6.1

奔波日久，回到住所，似有归家感。刘克庄词："客里似家家似寄"，不知何处是家？住久生情，安稳便静心静性，神情怡然，随遇而安。

1992.7.20

于药店购得药丸四粒，取二冲之于开水，忽觉有层油渍漂浮，喝之无味。掰之，则药始出也。细察，那油渍正是蜡。嘻！蜡味原来如此。

1992.7.21

宿舍停电，预约友交谈未果，忽觉有灵感盘绕，催促急，回寓后搜刮思绪，作《奢望》一诗。完毕，还剩一些边角料，不忍弃之，遂重新构思，寻找意境，又作《随缘》《理想》二诗。随手捡来，不甚满意，但亦喜，毕竟意外收获。

1992.8.27

中秋夜。雾。月在深闺人不见，人在天涯有谁知？孤寂无亲，作《无奈》诗以自嘲："中秋团圆时，借月托相思。举头望天宇，见雾。"

1992.9.11

元宵夜，食堂断炊，遂自煮面一碗。饭毕，看书片刻，怡然自得。俄顷月升中天，似若悬镜，独自叼烟漫步，意在寻幽。至一磐石，坐其上，看万家乐，千家苦。烟袅袅而上，人昏昏而醉。烟灭人醒，睁眼望月，几抹白云反道行之，月孤然向西。凝视久，无所悟，遂归寝。夜夜有月，或盈或亏，或晴或阴，皆动人美丽，何苦留此去彼，何苦偏于元宵中秋孑然望之而徒生感慨？

1993.2.7

曾困于无趣之客，愤而作一诗《请你给我距离》，欲挂于门，后又觉不妥，苦甚。索性弃笺焚诗，开门见客，迎新纳福，不亦乐乎。

1993.3.2

颇喜对子，偶想一句"仙游（我县）西苑（我乡我村）醉仙阁，一醉方休"，思久，无门，聊以"包拯东房面包屋（可能起火），八面威风"对之，博人一笑。

1993.3.2

有恤我者问近日何以瘦，答曰："食堂食我。"

1993.3.2

与一女神交久，颇合，终未见，摹一诗曰："去年今日此门中，人面桃花相映红。今年今日此门中，人面桃花相映红。明年今日此门中，人面桃花相映红。"

1993.3.22

友名清泉，其妻越亮，男才女貌，琴瑟和鸣。新婚之际，赠诗祝贺：明月松间照，清泉石上流。横批：天生一对。

1993.3.24

一女友善，不时寄书给我，其中大都有之，仍去信谢，彼大喜，寄书更频。嘻，虽不复顾及，也不能与之道。给她一份慷慨，赠我一份欣慰，两全其美。

1993.3.24

偶得水仙二株，养之以水，任其逍遥。待花谢叶衰，还侍之有加。已芳未尽而弃之，我不忍。

1993.3.24

去岁下乡福清镜洋，饭后闲步，于路旁窥见一石，面部完整，水草彰显，藻族丛生，鱼虾逍遥自乐。天然妙趣，活现一幅海底世界。欣然接纳，藏之金屋，护之有加。回榕时携归，盖有五六斤重也。

1993.3.24

春意阑珊，作一橄榄诗——《春的请柬》，诗曰："味，正浓，花盈畅，蜂蝶翩跹，风光无限好，假日郊外踏青，过一瘾自然主人。浪漫不限季候，我等超逸韵，可比春风。景撩人，君意，何?"收到他人回复：去!

1993. 3. 26

某女家贫，富饰不能。一日，过地摊，见铜链一串，大喜，遂买之，挂胸以耀，可乱金。人问之细底，答曰："金之家属也。"

1993. 3. 29

某年，某君榜上有名，其兄结婚，乃父又值五十大寿，老人遂于大门上书一横联"叒喜临门"。昔年苏轼洞房花烛夜，又值金榜题名，于是欣然作"囍"字，从此沿用至今。异曲同工。发之于情，成之于理，公之于众，久之则字。

1993. 4. 7

小妹二岁余，痴玩于乱石堆，须臾，拾到一鹅卵石，圆且滑，玲珑可喜。二岁婴孩美感从何而来? 果真是天性乎?

1993. 4. 7

假日与友树下围棋，棋落盘上，粒粒珠玑，颗颗沉重，如雨打芭蕉，清脆可听，铿铿传韵。人生难得一清闲，闲中生趣莫如棋，痴则醉，醉则物我两忘，与天地共悠然。

1993. 4. 8

冬，农人培育蘑菇于茅屋。一日，二舅戏曰："住此可逃计生。"上无片瓦，里无半什，砸抢无物，再生几崽，任你奈何?

1993. 4. 8

侄女五岁，可数 1 至 100，但拙于笔，只能画"1"，不能写"2"。她一旦调皮捣蛋，我就罚她写。"2"虽易，而于五岁童已是难题，单看"2"那两个转折，就很恼人。君子有时也不得不困于"2"，何况小人？

俚儿七岁，某日向爷爷讨要零花钱，爷爷不给，俚儿诘问之："没钱还想当爷？"爷爷哑口无言。俚儿名曰：超凡。超凡其名出自其爷爷，原本起名为"超罕"，未承想本地话与普通话音相近，户口登记时没仔细校对，将错就错，即为：超凡，非一般也。

路过书店，忽见《历代小品大观》，欲罢不能。复一日，又过，囊中羞涩，长叹而归。三次路过，再也不能熟视无睹，咬着牙（略感松动），自觉腰缠万贯，区区26元算得了什么？不过月工资五分之一罢了，于是斩钉截铁：买！出门，神志清，落魄如初，舍不得1角看车费。独自凄然。

60年代，某青年男女赴乡政府领证，文书刁难久，诘问之恋爱经过、结婚目的、婚后意图，女结结巴巴，羞之。文书后问其子孙职业，男笑答：文书。

三年困难时期，一农少妇赴店买夜壶，途中不慎坠地，底破。妇甚惧，恐又受夫斥，遂回店求换。店员问故，妇脸红耳赤，搜肠刮肚，吞吐半日，最后灵机一动，答曰："壶口小。"

小学同窗林金仁，年十五，一日与数童戏水于村部水库。突有一童溺水，金仁奋力救之，童安然，而他却被水吞噬。事后声息哑然。大地沉寂如夜。

会餐毕，贝壳残陈，一内地女子于众目睽睽前收之，形色欣然。痴物爱美如此，吾辈自愧不如。

1993.4.23

一日偕友过果园。果子青青，随风招摇，诱甚。然园旁醒目一牌：禁偷盗，违者罚。为悦之，入园摘二果，尝之，酸且涩。禁果滋味如此，然尝者却有增无减。噫哉！

1993.4.23

友送红豆二粒，红黑错杂，盈盈可怜。择一种，盼繁衍，蕴灿烂。旬后，沉寂如默。豆死情去，奈何奈何？一粒煮吃，植于心，化为情，以待芳芬，另来一番景象。

1993.4.23

玉兰花香扑鼻，闻之，醉。吃之，何？于是摘二朵，冲以开水。微黄，琥珀色，抿一口，苦中夹涩。须臾，肚隐隐作痛，心凉半截，有道是香花毒草，疑饮恨而去。于是遗书曰：X 日 X 时 X 分，XX 饮玉兰花二朵，肚痛，身感不适，若有不测，后事如何如何料理。之后躺床，待死。一觉醒，汗出，痛去，面色如初，神情悠然故。

1993.4.23

食堂。困雨。见墙壁挂一小黑板，灵机一动，权可当伞。回宿舍，搁之久。某日被一孩童挪用试书。"窃书不算偷"，倘若孔乙己在世，真想问他能否拓宽外延。

1993.4.23

吾乡一老，子女不孝，恐老死无人收尸，独自钻进一古墓穴三日，待死。其家人急，遍找之，终获。乃孝敬。

1993.4.24

吾家世代躬耕，祖父早亡，父亲独苗，十岁起独撑门面，半耕半读至十五，后辍，甚悔。其字苍劲有力，每岁撰写春联，非他莫属，曾于门口自作一联，曰：庭前桃艳蕴果香且甜，宇后竹郁藏笋肥又大。

60 年代，父上山打柴，午餐甘薯。山高路遥，柴地未到薯先尽。待他柴好担返，饥饿变本加厉，忽忆遗弃薯皮，跟踪追击，如获至宝，捧若山珍，吃得津津有味。我深有同感。刚工作不久，舍友遗一苹果于床下，星转月移，一换数日，皮瘦肉瘠，红颜已退，一灭往日风采。一夜渐深，风雨交加，柜中物尽，饥肠辘辘，视线移至床底，网住苹果，拾起啖之，味美若鲜。

1993.4.24

欲邀一女看电影，途中盘算：伊人在家 50%，独处只剩25%，无事还剩 12.5%，欲看只有 6.25%，即便微乎其微，也要一试，算完记之。敲门，果然在，喜出望外。问之，无事。示之纸条。女感其痴，愿随去。

1993.4.25

曾与一女想见，过后取其名嵌诗首，作一歪诗："志，不移，新近痴，非关他事，唯一诗待孵，管它结果如何，种豆南山不问秋。红，绚烂，春意闹，蝶花争艳，景色漫西窗，假日偕君寻觅，闲情陶性涤身心。"后，音讯渐稀，于是在"种豆南山不问秋"句后续一："君不见东西南北风。"又觉上下相悬，两边倾斜，只得在末句补上："你如果不去就拉倒。"

1993.5.2

幼摸蟹于溪，见之呆且愣，煞喜，择一大者玩，先去八爪，除一钳，留其一，触之不动，以为死，遂戏其钳。蟹怒，恶向胆边生，运气鼓劲发力，咬紧不放，血流如注。抖，不掉，拔，愈牢。疼极，折杀，解恨。动物有灵，善恶有报。虽时过境迁，然扶痕忆旧，仍历历在目。

1993.5.4

雨后，常有飞虹系架山腰，虹端入水，七彩错杂，缤纷悦目。有时两条并架，一清一虚，一明一幻，美不胜收。每虹现，总欲目送归隐。然只可远观，不可近看。传某一日从虹头过，后大渴，无论昼夜，不连喝三四碗水不能解。雨冬亦然。

1993.5.6

我年七岁，上小学一年级。寒冬常约伴于野外烧火取暖。一日于一木桥旁引燃，荻干焰烈，火光熊熊，欢呼雀跃，煞是壮观。俄而火势拓展，甚感不妙，跑为上。至不远，蓦然回首，火势似黯，复烤。火继则凶猛，危及木桥，甚惧，一走了之。次日路过，山坡秃半，桥微焦。

1993.5.13

饭后，独自闲步田野。此时彩霞满天，鲜艳欲滴，路边花草迎风招展，候我多时。不远处，一茂密仙人掌舒展四肢，托起一角灿烂天空。近之，数朵花儿点缀末梢，奇花异卉，罕如铁树。爱之甚，不顾荆棘护卫，公然削之，怀于胸，喜于色，雀步而归，一路欢欣。回室，着手揭起暖瓶盖子，塞沙润水，待经脉畅通，精气复原，纵横一幅复杂生命网络时，即于显眼处题上："我今栽棘人笑痴，他日棘我知是谁?"字弱如蚊，错杂棘丛，隐含一股杀气。

1993.5.17

偶得一明矾，冰清玉洁，晶莹剔透，于是引上"质本洁来还洁去，出自无心归亦好"二句，景上添韵，交辉互映，楚楚动人。

1993.6.19

福大学生荣晓杰，聪慧机灵，实习期间与之相处，谈天说地，评书对弈，无不投机。毕业后离榕赴京就职，念之甚。一日与之信，内书：共葱茏，欣欣向。江河日上，华夏第一君。寻芳泗水，入三分。匆匆一去口难开。尔今尔后，人在何方？内隐深意，不说也罢。

1993.9.3

有钟华翠君，贤淑善良，福大学生也。那年拜我门下为徒，相处默契，别时依依不舍。离校后来函问安，遂回之：情有所，且实，苍欲滴。奈，剩无几，不见长江流水，回首，去匆匆。内隐：钟华翠，何时君再来？

1993.9.7

有友未谋面通函一载有余，见之，大有相见恨晚之意。一日见书中有"欲将心事付瑶琴，知者少，弦断有谁听"句，随即改成"欲将秋心付逸琴，知者少，弦断有谁听"寄送，别有一番滋味在心头。

1993.10.27

偶从友处得一女地址，自剖心迹，暗送秋波，匿名与之周旋，不求回复。伊人蒙在鼓里半载余。一日见后，云雾散开，面目显现。断信月余，忽接一陌生电话，只听一声："谢谢。"静默片刻，即回过神来，对曰："再见。"从此，陌生如故。

1993.10.27

回乡带一仙人球，不善养，日见枯萎，戚戚长叹。欲植新欢，转念想，何不空植永恒长伴身，无悲无欲。但识土中味，何老盆上花？

1993.10.27

去岁适莆，于广化寺内摘得菩提树叶数片，经僧师秘授，得去粗存精之法，作书签若干，质朴晶莹，精细可喜，大有"身是菩提树，心如明镜台，时时勤拂拭，勿使惹尘埃"的韵味。新朋旧友，大都送一存念，并附一诗《赠菩提》：我只有馈赠这过时的积蕴/一叶透明的智慧/如水如真/网结生活的全部真谛/给你一掌纯洁/虑你一段蹉跎的人生/玲珑的辉映/穿透蒙尘的境界/不想送你红叶一片/系带另一腔热情/那血的渗透/沉浸着万般无奈/世道纷繁/只能以闲者的趣味/咀嚼这清这淡/这隐约的一叶启示

1993.10.27

拾得几片树叶，盖上印章，送给友人，并附诗《蝶恋花》一首："别送鲜花我送叶，叶恋秋心花恋蝶，蝶眷众身心溅泪，泪洒独凄清离别。"排成田字型，上下左右可拼成诗十六首，再于"田"下拟两句："得自琴中趣，何老心上音。"围成圈，又可组诗若干。最后又附一诗曰"上语接下文，前后各不同。误入田园中，回首心自宽"。寄出后自觉韵味无穷，只不知伊人作如何想。

1993.10.27

蛰居乌山，后从半山腰搬自山膝盖处，于门上贴一仿打油诗《松下问路》，以示来访者，诗曰："松下问童子，师今迁何户？只在此山中，树荫不知处。松下往回走，榕树招招手，再走几步路，就是师居处。舍外树三棵，室内窗三扇，一扇向东开，两扇不是北，从南往里瞧，壁上书一排。"来者见，笑煞我痴，然缘诗索路，无一迷者。

1993.10.27

灵感来时如决堤。一晚静思，忽有一丝灵气缭绕，挥之不能，于是顺水推舟，作一诗《拓宽》，时约十分钟。灵感也困人。1987年偶得一思绪，困惑久，直至1993年才解脱为《果的企求》一诗。跨时六载，长舒一口气。

1993.11.1

街上无处小解，咬着牙坚挺到单位，放松之后自嘲道："肥水不可外流也。"

1993.11.2

某人送礼，对方欲拒，于是佯称此物也是他人送，听者遂受。随机应变，平衡对方心理，即是谎言，与人无害，又达目的，何妨？

1993.11.2

与邻里隔阂久，欲沟通，苦无间隙。一日特借菜刀，随即搭讪，从此和睦如初。求助邻里，自得友善。

1993.11.2

传某贼偷一外出老者钱包，内藏身份证。次日过街，行色匆忙，忽撞卡车，死，面目皆非。交警依身份证告知家属，子女哭天叫地，死去活来。后事料理毕，老者回，全家诧极，以为鬼，问故，老者告知缘由。家人转悲为喜，皆骂曰："活该，死贼。"

1993.11.4

福大学生郭新梅，幽雅聪慧，暑假实习后不见踪影，念之。元旦将届，寄一明信片并附句："郭外新岁随心近，秋后梅花伴寒开。"隐名聊表思意。

1993.11.11

闲暇时作一九连环，红梁白底，玲珑可爱。与客谈，待话到无味，即献之。一可怡人，二可代沟，两全其美也。

1993.11.11

仙游林仕杜老先生，为其家乡济川风景区呕心沥血，曾约我作一楹联，曰：一幅济川深天趣，万重仙迹雅人幽。一日，林老偕联拜访书法家朱以撒先生，说明来意，欲为风景区举办书画展添色，不料书画家金口一开欲重金。风景区正筹，目下正赊米下锅，无奈，林老只好作罢。

1993.11.11

友武平，克己处世，定一生活准则：白开水，酒看情况应付两下，不抽烟。字大如指，贴于墙，一目了然。

1993.11.12

十一月九日，路上见一纸片，外裹一角钱，窃喜，摊开一看，是"金锁链"，遂连钱带纸塞进口袋。犹豫再三，终于提笔连抄20遍，于是即写一微型小说以纪念，而后物归原地，把机遇传给他人。次日路过，不承想"金锁链"再次锁住他人。

1993.11.12

曾与友通信：逸音深秋意，琴韵唯心知。可作回文诗词若干，秋心困，请君入瓮，并告知答案，对之，一首礼物一件，决不食言。

1993.11.12

"昨夜西风凋碧树，独上高楼，望尽天涯路"，狗尾续貂，曰：风走树秃楼难再，路断眼昏语又塞。无奈，无奈。

1993.11.19

小学同学学飞，组词不解词义，常牵强附会，乱点鸳鸯谱，如给"半""钟"组词，他会把"夜半钟声"肢解成"半钟"，把"职工福利"，拼成"工福"，别具一格，让人不得其解。一晃十几年，如今他用旧时独特思维搞服装设计，宛若大款。

1993.11.19

大哥八岁，对电灯为何发亮甚感费解，以为火，可点着竹篾，于是就持一近之，终不着，然又不知其故。哥本聪颖，不幸碰上"文革"，后辍学务农，不知儿时谜团，是否还萦绕在心。

1993.11.19

那年出差去南京，于街上碰到一卖报老者高声叫喊："卖报，卖报，中国的形势一片大好，外国的不得了！"神情严肃，听者无不哑然，以为真是那么回事。

1993.11.19

邻家公鸡啄伤大妹手。一日，我拾一石瞄准，击中鸡眼，只见鸡满地翻滚，须臾，僵直不动。我看左右无人，火急携妹逃离现场。现回想还心有余悸。那年我六岁。

1993.11.19

一女思夫切，聊作一诗以述之：一日镜子照十遍，二日胭脂涂九重，三日衣裳换八套，四日亭外望七弯，五日情诗写六首，六日信笺寄五封，七日梦里见四次，八日头发白三分，九日泪水流二两，十日腰围减一寸。

1993.11.25

一女才高貌平，交友屡识屡吹。每遗弃，即向对方寄一声明："草地上一片鲜花，然对牛来说只是把它当成食料。"如此三载，然无一赏者。

1993.11.25

同事请客，叫我买菜，并开一购物单：花菜一棵，芹菜大蒜一斤，螃蟹三只，白粿二斤，肉半斤，人三个。

1993.11.28

闲居乡间，与友通信繁，落笔随心所欲，曾以马致远词："枯藤，老树，昏鸦，小桥，流水，人家……"留名。后期逼近，只留"断肠人，在天涯"无着落。回榕时作一诗《晤》，末句是"断肠人早已不在天涯"，也算圆了一首词梦。

1993.11.28

乡间多情趣，然身不由己，恨不能久住。友来信问归，无奈只好以李商隐的"君问归期未有期，巴山夜雨涨秋池，何当共剪西窗烛，却话巴山夜雨时"塞之。

1993.11.28

有朋愤世嫉俗，然身处龌龊之地。近墨久，无"出淤泥而不染"之功力，于是自嘲曰："世道黯然如夜色，我心岂能独自白。"

1993.11.28

秋心原本为我笔名。大学入校不久，友来函，题秋心收。班有女悄悄于"秋心"前按上一只手，旋即变成"揪心"，而后至娘们处笑作一团。老天！为何要我"揪心"？还好，若是再加上"裂肺"二字，小命岂不难保？

1993.12.14

友章文恕，质朴可人，喜把姓名裹成团。一日去信，索性题上"戆"收，性近形和，像是同胞弟兄。戆者，非章兄莫属也。

1993.12.14

有女供职于师大，一日接函，见"大"下已被人点了穴位，顿成"XX师太"。忽如一夜春风，美名传遍校园，一时传为笑谈。

1993.12.14

刚入高校，初说国语，由于习惯把"二"读成"两"，首次买二两饭时，说"两两"，加上咬字不清，乡音颇浓，令卖饭阿姨困。后跟一女，如法炮制。每用餐遇菜名不识，就用手指点，加之"这个""那个"，口中喃喃，声情并茂，竟也能如愿。

1993.12.18

新岁将近，向友贺年，不想随波逐流，用些陈词滥调，遂另辟蹊径自作一谜：骨肉十两，除夕夜，与外孙共餐。由于久未联络，当时伊人待孕在家，其夫见后不得其解，疑为红杏出墙，揣测是我俩之间的联络密码，并追问其妻后直逼我单位。只见其面乌云密布，大有与我决一生死之势，迫切追问何意。为避免事态失控，我只得透露谜底：新年好。那人听后，云开雾散，然却垂头丧气，自觉无趣，悻悻而归。嘻，抚琴问牛，牛或会痴醉，无奈是人。

1993.12.23

有女愿出一角钱买诗两首，欲寄他人。为悦之，遂写《演笔》一二，买二送一，免费搭一七律：二首情诗一角钱，廉价出售任人贬。三餐无味四夜困，只有酸楚没有甜。

1993.12.23

回一友书曰：旧岁渐稀日渐纤，圣诞新近贺新年，回味与君相处日，一江情结一江天。

1993.12.23

有友远在京城，平日信疏，年关将届，寄一贺年卡，旁附几个标点，并书曰：新岁渐近日渐纤，给你几个标点，内容自己填，长路八千，系心田，思念，江。

补记：新岁又近，偶翻陈年旧作，似有一贺词，甚觉文内有不妥之处，把"给你"改为"遥寄"，把"内容"改为"贺词"，改后全诗则为：新岁已近日已纤，遥寄几个标点，贺词自己填，长路八千，系心田，思念，江。

1993.12.23

植花于盆，不日，花死盆空土亦悲，一盆凄凉。遂移盆室外，与日月共和谐。数日后，空盆果然活出殷切期盼。只要融入自然，就能化荒芜为蓬勃。

1994.2.28

会期将毕，聚餐者众，趁着人多脸杂，携友混入"革命"队伍，择一偏僻处安然坐之，菜来举箸，酒来照喝，一副旁若无人状。餐后各自摸摸颇具规模肚皮，满脸喜色，于是，不约而同地发声：充实。

1994.3.2

取一白线，将松果与贝壳连成串，山海顿时成一色。挂之墙，宛若一壁画。每当轻风微送，它们就磕磕碰碰，情不自禁，其音虽不清脆，却隐含一股松涛与海潮有机混合的原始之声，远不是人间之音可比。

1994.3.8

偶得水仙二株，腾一空盆，放水少许，纳之。月后，凌波仙子亭亭玉立，面对世界微笑。有叶有花，我别无企求；有绿有香，我哪敢奢望？直至花残叶败，任供一席之地。睹物思情，或可作为笔谈。

1994.3.10

下乡曾路过一农舍，见旁有松枝一把，四顾无人，偷摘松果一粒，速裹衣内，喜形于色，回返途中耀之同伴，一路欢怡。

1994.3.13

于花市买一组装仙人掌，下掌上球紧相连，宛若话筒，末端饰以花苞，更似掌上明珠。虽不音却可话，虽不明却可鉴。植物如此，心中何虚之有？

1994.3.14

假日赖床，户外不时传来鸡啼鸟鸣，声纯音正，二重错杂，嘤嘤传韵，疑置身武陵源，一派乡野景象。身寄都市，耳中能有天籁之音充塞，居虽陋，有何怨？

1994.3.15

久居乌山，每至清晨七时许，总有一人于山上引颈高呼"喔""喔"，声声相催，阵阵匀称，如鸡鸣，如狼嚎，音传数里。偶有顽童相应，节奏不一，一长一短，一沉一缓，如山歌对唱，如情侣互吐心曲。约一刻，声止人去，空有余音缭绕。至此，再也无法安睡。

1994.3.16

除夕夜，与侄儿争燃鞭炮，炮声隆隆，惊天动地，偶见一哑炮，欣喜不已，继点不着，扔之火堆，"轰"的爆响，如米花出筒，蔚为壮观。或拿一孤炮，寻一水洼，点后速投之，"突突"冒出一串烟泡，旋即炸开，溅出一片灿烂水花。春节过后，其景犹新，待来年再买一大串，挽回童趣。

1994.3.17

偕友去杂志社，困雨不能回，于厅内踱步，保安问："找谁?"答曰："太阳。"

1994.4.3

某盗于路上遇一妇人，窥其脖颈有金项链闪烁，遂跟踪左右，无奈尚未下手，妇人即到家门。盗急，一急则智生，于是敲门如鼓，妇人推门探首，盗出其不意，断项链，一走了之。

1994.4.10

平日观对联趣话，触类旁通，亦作一上联："月月月胖逢月半"，左思右想，续之不能。有朋跃跃欲试，遂翻字典，"问遍湖边春色"，只得"乱点鸳鸯谱"，找一"晒"字，遂有下联："日日日晒软日西"。字面虽可，然不能深得其中之韵，期待善对者。

1994.5.5

科室欲统一印制名片，看他人头衔成串，诸如"局长""主任"之类，顿生羡慕，遂在空头名字前附加"无味愁斋主人"一节，以过主人瘾。主任见后斥，工作不玩花样，乃去之。名片到手后，择几加工润色，于背后特书："三季道行行主 无味愁斋主人 秋心 主营：酸、甜、苦、辣、淡，兼营：春花秋月，江山风雪，逸音天籁，欢迎来人来函前来洽谈，地址：榕城乌山麓下46号楼东1室"，写完之后，再盖上闲章一枚，底白字黑印红，玲珑雅致，洋洋自得。

1994.5.22

去岁翻箱倒柜，见有数十首诗坯久压箱底，隐约飘出一股霉味，于是择几首寄出。不日，《诗潮》反馈，应邀参加纪念该刊物十周年同题诗赛，遂另作四首，附一简介：虽是"文化大革命"的产物，然而始终是站在文化圈外看热闹，偶尔也提起笔，而大都是在洁白的纸上画圈圈，为文为人皆糊涂。也算凑一回热闹。

1994. 1. 28

居处乌山，环屋皆绿，幽雅古朴，宛然山水画中点睛之笔，透过树间，曾拍一照，朦朦胧胧，似宇似庙，于是忍不住在背后题上：远山深碧树，绿荫幽古屋，仿佛又非寺，人烟有亦无。平日不知美者，概因与之融为一体也。

1994. 6. 6

宴会毕，携一龙虾壳返，待晒干，即成标本。挂之于墙，跃然醒目，活现一艺术珍品。既可爽口，又可悦目，龙虾是也。

1994. 6. 11

征婚后，待佳音。未看刊物即接一女信，出乎意料。昨日偶翻杂志征婚栏，见一女子与我处境同，即模拟那信寄出。一接复一寄，如打四色牌，无须费笔墨，稳坐钓鱼台。不知后事如何，还看下回分解。

1994. 6. 11

取一名片，于背面写一应征"谜"，对号入座，我回"田力"对她"女"，年与二月最末田埂齐，身高画一像，旁标 XX米，"性格"二字放大镜头，概开朗大方也，其中"性"字用铅笔轻描淡写，暗喻"淡泊"，"学历"用"="，"职业"用"≈"，级别用除法，表明上下级。"梦里寻她千百度"，伊人却在回眸处，联络处（见后）。特注："这一张旧船票，能否登上你的客船?"寄出久，心悬不落。

1994. 6. 11

去友处，见屋旁棕榈参天，一节一轮，蒸蒸日上，枝枝有籽，串串金黄，粒粒饱满，如巨型稻穗，诱人之极。无奈离地二丈有余，守之无望，欲罢不能。动之则念起，情急则智生。悠转左右，忽见一木架，权可通达，于是靠之，爬之，援臂即得。回返挂之壁内，硕硕然满室生辉。得美于物，随物寄情，随情写意，则美感生矣。数日后，棕榈籽经风吹日晒，黯然失色，远不及先前精神。"昔年移柳，依依汉南，今看摇落，凄惨江潭，树犹如此，人何以堪?"一旦脱离母体，即令枯竭若是，他日得欢喜物应以之为戒，切切!

1994.9.10

昨晚饭后，于食堂买面包及糕点若干，未入袋即被同仁截取一大块。待结账时一摸口袋，糟糕，换衣时落了钱包，正要退，那人苦笑曰："我买单……""那我就不客气了，哈哈……"携之归，一路窃笑。夜宵倍觉甜。

1994.6.11

饭后闲步庭前，偶见枯枝一截，细察之，见末端有籽数颗，如微型石榴，呈褐色，端平腹空，镶有瓣纹，形同梅花，宛若一天然印章。随即取出印泥按上，纸白印红，玲珑有致，韵味天成，野趣横生，取名"籽章"。

1994.8.20

接近而立，仍孑然一身，盖因桃花运未至也。前日恰好买得仙桃三颗，啖其肉，留其骨，随即徜徉庭前屋后，择一肥沃处种之，以待来年纷呈。今日种桃伴日晖，他日恋花又是谁? 不知哪路仙女会款款迎花而来呢?

1994.8.20

桌上文竹，纤弱灵巧，临窗含翠，招风弄影，盈盈可怜。偶从竹下熏之以烟，徐徐升腾，袅娜不散，如雾锁纤腰，远深幽气，又若林中起火，有烟无火，徒增一份虚惊。仙西山人从唐寅诗词中出，携带《咏竹》一诗，稍作改动，随即题上："修竹当窗白日迟，山人坐定客来时，欲从节下题诗句，秒在无言不在诗。"而后贴之竹旁。纸白字黑，竹韵跃然。

1994.8.24

久居乌山，即为书斋命名为乌斋，后觉韵味不足，虑之再三，遂更名为无味愁斋。无味愁，盖有四种意蕴：其一，深愁无味；其二，少年不知愁滋味；其三，无味秋心；其四，无味愁也即五味愁——酸甜苦辣淡。一斋四味，其名可也。另于斋名下端附诗二句：愁到深处味道无，秋在枝头悠在心。日后请人书之，亦可令书斋增色。年过四十后，不用秋心作笔名，遂改书斋为：无味斋。

1994.9.11

市直党工委举办"迎国庆，话改革"征文启事，经不起同事怂恿，遂把夕日情诗《向阳》奉上。半载过去，忽一日接电话，该"杰作"激情澎湃，榜上提名，并应邀参加颁奖仪式。会上要人要话可以不听，桌上香蕉葡萄不可不吃。待他人经验介绍完毕，什物已所剩无几，捎回20元人民币"特别"奖品，一路欢欣。

1994.9.20

回乡捎来苦瓜若干，中有二三青中夹红，有少女之羞涩红润，无少女之平滑柔嫩。不日，瓜面红耳赤，熟至脖颈，大有一触即发之势。星月皎洁，有爆声从梦中传来。次日一瞧，果然一瓜绽出莹莹笑意。朱唇微启，内含籽数十粒，外裹一层血色。掏之，洗之，晒之，一把欢乐荡漾心际。瓜虽苦，待来年精心培植，定能长出一畦甜蜜心情。

1994.10.15

窗外有桂花一丛，高出人头，每逢秋令时节，香味充满庭院。今夜月上树梢，圆中带扁，似有仙女留下唇痕。夜阑人静，清辉于叶隙间筛漏下来，斜照肩膀，幽幽斑驳。移步花前，手捧瓷钵，醉心芳香。一朵两朵三四朵，谱上夜曲便是歌。待月偏西天，欢乐已溢罐前。而后取出故乡山茶混合派对，交流情感。一周后，邀来三朋四友，请出宜兴紫砂壶，沏上满满一壶情谊。水一入壶，有声滋滋，一股野香横渡而来，直逼肺腑，吮吸一口，醺醺然周身通泰，"三月不知肉味"。

1994. 10. 15

夜半，窗外有声飒飒，仿佛从《秋声赋》中逃遁而来，助我凉意。反侧难眠，偶有光透过蚊帐，斜照眉间，微睁眼帘，月儿挣脱云层，破窗而入，直逼床前。伸手掬之，光从指缝隙漏出，流满枕间，又用扇子轻轻摇开，无奈扇动影稳，徒劳无获。后用被子裹住，压在身底，或能随之入梦，羽化成仙，有《秋夜》诗为证：梧桐飒飒孕秋风，一叶哆嗦百叶同。辗转反侧无梦意，明月含笑临西窗。手把扇子频摇动，影儿愈稳心愈乱，随即压在床底下，化为梦幻寄太空。

1994. 10. 18

秋日入户破我梦。忆及河边有菩提树，初夏时分，已摘叶子数十枚，制成书签若干。每翻书闲读，一股野香夹着智慧飘忽而来，助我醒悟。今日叶已成舟，慧果逍遥树梢乎？抑或坠落人间？若能得之一二，植入心田，则可凌驾天地，与日月共悠然。遂驱车前往。至树下，见有叶迹斑斑，落痕满地，一派凄楚。慧子尚未降临也。返道归家。路旁篁竹临风招摇，河边野草青黄错杂。一路铃声不绝，人在车上，道在车下。

1994. 10. 23

有女来信："美丽女孩属于风属于云。"我回函答之："无山不带云，无树不留风，山树本一色，风云痕可追。"又复问："为何秋心？愁在何处？"答曰："少年不知愁滋味，名为秋心强说愁，如今愁已随烟去，只留秋心在心头。"

1994. 10. 23

前年蛰居乡村，曾独自入山探幽，摘得松果数枚，野豆二。后与贝壳联姻，只凭一线力量。今日午休，突有异声疑从天外而来，"啪"的一声，如平畴炸雷，又似银瓶落地，音纯韵铿，可裂金石，传达数十米。睁眼觑目，原是野豆裂开，张口豪笑。一场虚惊，一枕梦破。

1994. 10. 31

　　山魈属于灵长类动物，与吾乡人所传迥异。三月缠绵天气，若独自临深山竹林，常能听到阵阵阴森敲竹声，令人毛骨悚然，仿佛就在眼前，然只闻其声，不见其影，盖山魈也。某肩挑一竹，有音从背后直逼而来，刚一转身，则音移脑后，无影无踪。更有传闻被灌了迷幻药的，以松叶当线面，以牛粪当月饼，后痴呆，无疾而终。

1994. 11. 1

　　思君切，即作"神智体"（以意写图，使人自悟）诗一首，残缺字若干，有的老态龙钟，有的弱柳扶风，并附曰：内含七律诗，请君细揣摩，此中蕴真趣，横猜韵自来。（谜底诗："斜月瘦影思心长，夜半梦到斜日升，伊人不知愁秋去，只为月下定前缘。"）

1994. 11. 8

　　晓君，相貌平，声音却富有磁性。那年偶入应征者列，署名"拾贝人"。彼此未谋面通函数月，以其笔名作诗若干相赠，中有一长诗，分三次寄出，结尾几句因故未寄，仍深锁柜中。落款随心所欲，从"孤云落日残霞，轻烟老树寒鸦。一点飞鸿影下，绿水青山，白草红叶黄花"，共十四封。若缀成串，即得白朴《天净沙·秋思》一词。后伊人出国加拿大。风尘岁月，函依旧人非昨。一捆情愫，几度悠悠。

1994. 11. 15

踱至书橱，见《智囊》书上有一蚊子，腹部状若橄榄，褐黑色，神形专注，颇有雅兴。吸了我血，读了我书，养好身子之余，还对后代施以胎教。嘻！陋室蚊子果真聪慧也。

邻居有一竹榻，一脚扭伤。一日搬家欲弃，我纳之屋中，敬之有加。其形可诗可画，其状可赏可观，韵味天成，雅趣横生。读书写作，品茗对弈，皆可操作。他人弃物，未必不是自己梦寐以求之东西。

1994.12.15

冬满夜半，忽有风破窗而入，吹散一缕心思，望窗外明月皎洁，忽觉此景可诗，遂得四句："一窗冬风半窗开，夜半潜入我室来，黄叶在前月在后，秋心不如冬风采。"

1994.12.16

国庆期间，回乡省亲，见门前桃花，一枝独秀，璨然开花。走近细瞧，枝有创伤。人如有不测，或有特殊功能，如失眠者忽遭雷击而重见天日等，不胜枚举，宛若白居易诗"人间四月芳菲尽，山寺桃花始盛开"。此值阴历十月，属于菊花季节，难道略有创伤的桃枝也会违反天意，创造自然奇迹？怪矣。

1994.12.16

某君壁上挂一葫芦，古铜色，蒂处有一孔，内虚，吹之，有声呼呼，如太古之音。摇之，似有物。倒之，一小纸团跃然。怪，剥之，文绉绉一片空白。细察，纸上似有痕，纸上留痕必为字，却无。左右不得解。忽忆水，水能清物。纸上果然隐约一行小字：朋友，我名瓜，不姓傻，你不是瓜，贵姓？某君者，无味斋主人也。

1995.1.15

闲暇之余，与异性朋友去信："你是多么无知（待续）……"

422

句后，又去一信："……对于你的美（完）。"两句书于同一纸上，从中撕开，裂缝处盖一闲章。不知伊人看到首封信感觉如何？次封又如何？

六七十年代，购物无零钱找还时常搭配小件物品。时有一农妇进店买布，店员差些零钱，遂以糖果找零。待农妇买钟后，店员又缺零钱找尾，面露难色，老妇眯起双眼，见钟旁恰有一排手表，遂向店员解围道："算了算了，别麻烦了，就给钟边那个小的吧。"

某君违章被罚。罚者道："要发票否？"答曰："要。""缴一千元来。""能否少点？""不要发票只须五百。""那不要发票。"事后，某君庆幸赚了五百，罚者也庆幸多赚了五百。

晚十时，行人稀，忽有灵感款款而至。遂于一排自行车旁掏出纸笔，飞龙走蛇记之。时有人近，善道："依弟，这么晚了还看管？"语音飘散，温暖一街景象。

路过石堆，驻足良久，忽有一石跃入眼帘，细察之，既瘦又透且漏，中有一脉筋络连接，活现一屏微型胜景。以小见大，若能放大万倍，趋之者何以万计。因底层凹凸，立之不能，遂磨之。待立定，隐隐然有图案浮现，取出印泥盖之，一棵迎客松横立面前，巧夺天工，惟妙惟肖，胜过名家高手。既可当作微景观，又可当作图章显，吾石也。察其形态，遂命名为"山筋章"，私下认为可作传家之物。

一日上街闲逛，见肩挑竹草编艺者，有篮有扇，篮可吊可挂，扇有大有小，红绿错杂，色调可人，爱不释目。于是先买篮，又买扇，再买篮，一口气得之五。回室后，一一挂之壁，友人见之，赞不绝口，欲取，绝之。我则一日十次，一次三眼，日日夜夜，岁岁年年。

1995.2.24

吾友李超雄君，浓眉大眼，英俊潇洒，聪慧过人。然其字草草，形无缚鸡之力，不敢恭维。初二年时语文考试，在填写姓名座号时飞龙走蛇，把尊姓大名一分为二。试毕，师于班上戏谑道："姓名李超，座号雄者谁?"众哗然，一时传为笑谈。

1995.3.13

窗外夜雨打芭蕉，滴滴可数，窗内与友对弈，粒粒珠玑，落盘铿锵。忽有泥土脱落床上，一片狼藉，约离我五尺。而吾辈落子依然。棋毕，时钟已敲十二下。

1995.3.13

沧海桑田，青春不在，往事如梦如幻。曾作一诗《天山来客》，纪念少年情。诗曰：梦里随仙游枫亭，捧着荷珠祭初醒。恰有小风抖月色，惚现佳人郑俊钦。

1995.10.19

岁末将近，单位每人下发五张贺年片，忽忆与一友疏久有年，念之笃，遂选一精美者，作一十七言诗赠上，诗曰："别离十余年，欲消不能免，今日见到你，一样!"时有另人，周旋日久，后不欢而散。今日忆起，一并纳入诗中，曰："别离有余年，忆君如在前，要是看到你，一样?"

1996.12.20

办公坐落于乌山南麓，外观不靓，内饰不华，陈设简明扼要。依窗远望，树木荫郁，树叶婆娑，一堵城墙挡住半眼视线。阴雨时节，前方高楼若隐若现，宛若置身庐山之中。高墙外，树荫下，人声鼎沸，川流不息。旁人皆醒，我独茫然。

1997. 1. 10

年近而立，仍孑然一身，父母急，众友忧。1994年3月30日，林荣江老弟提议为我成立征婚基金会，自当会长，垫资50元。其中：副会长由戴清泉担任，秘书长及顾问分别是戴良驱和章文恕。

机构成立后，随即在某杂志刊登如下征婚启事：

"田力山，雄性，海拔170CM，有山韵，无山体，'文革'震动的产物。高校含窗四载，有其名，无其实。现在榕市直机关喝茶看报，闲中玩学（文学之误）。追求：两条平行线之间的交点。诗雨玩雾，怡然自得。觅一身寄榕城，深得山味者。信寄XX省统计局城调队办公室章先生收转。"

征婚启事刊出后，应征者众。然希望多失望也大，不足一年，渐稀，无果而终。心有不甘，1995年3月，基金会于《青春潮》为我再次刊登：

"雄。学士。居有室。身长不露。市直公务员。岁在二月末日。闲看云起静夜诗，情趣雅而不高。貌平不惊人。力可缚鸡。觅娴女，同圆，梦。"

月后，信函如潮。浪潮淘沙粗在后。粗者，一娇小女子佳文也，后成为眷属。

1997. 5. 23

一日草君路过机关大院车棚，见一女式车篮里有一柑，硕大无朋，晶莹透亮，比"卖柑者言"里的柑有过之而无不及。环顾无人，急纳之。回室后，喜上眉梢，乐在心头。可转念一想，此举似有不妥，遂取小柑二粒，裹之以纸，悄悄放在原处。纸上书："小姐息怒，你柑的诱惑力太大，散发出阵阵迷人芳香，欲啖不忍，欲罢不能……见柑有如见人。今以小换大，拿一还二，伊人雅量，还望海涵。"遂留下联系方式，等待柑主人发落。小姐见后，好气又好笑。一周后，柑主人来函："君子本姓梁，见柑如见钱，只要有机会，就抢！"草君厚着脸皮回复道："君子不姓梁，是拿不是抢，实在忍不住，见谅。"小姐觉得草君皮厚，草君觉得小姐味浓。小姐以柑为球，抛接自如，草君以柑为桥，过桥成仙。如此一来一往，一往一来，球落桥头，柑在草君兜里。最后相约黄昏。月光下，朦胧中，你看看我，我看看你，二人缄默不语。

1997.5.26

吾妻娇小玲珑，生性直，脾气不发则已，一旦发泄，则如火山喷浆，不可收拾。一日与之拌嘴，偶见伊人以笔当刀，描摹鄙人漫画像还带"X"杆，旁白"秃子"，"小老头"若干字以解恨。不信，遂拿纸移身镜前一照，果然。

1997.5.30

隆冬时节。一日忽见门口有一新热水壶，壶上赫然写着："愿此壶温暖你的心。落款：知名不具。"字迹娟秀，隐隐可现一副娇容。受宠若惊，顿时浑身燥热，血脉贲张。几日过后，热情已退大半，遂一一翻想，最后推测为某异性朋友。然与之近，缄口不提水壶之事。又过半载，云开雾散日来，庐山面目呈现，此壶原是荔城之友黄世君所送，当时未能谋面，盖为抽奖顺带之物。世君者，乃昔日同床共枕之学友也。物之所美，盖因不知其所以然耳。

1997.6.4

平日看过不少趣联佳对，然有一联确为罕见，此联为："独览梅花扫腊雪，逸睨山势舞流溪。"读之朗朗上口，铿锵存韵，如梵音，如天籁。首句为七个音符，后句为七个数字，天然妙对，意蕴无穷。

1997.6.4

去岁回乡结婚，须在老家厅堂墙壁上挂表则，排行中有字号。本族亲每逢喜事多请父亲代笔，而对自己儿子却考虑再三，遂与我商讨。本人在本乡范氏家族中排行"隆"辈，需配一字与之组词，而此字又必须与"号"和我"名"组成另一词语，于是就有大名"隆秀"，号"文佳"，字"国山"，组成词语便成"山秀文佳"。而"文佳"二字，刚好又是内人名字"佳文"的倒字，正与之对应。

1997.6.4

单位会议室阴暗潮湿，时逢屋漏，更兼夜雨。久之，墙壁四周水渍遍布。一日开会，忽见墙上有一图案，朦朦胧胧，若隐若现，有山有水有雾，一人一帆一舟，橹声叽叽，活现"三月烟花下扬州"之情景。凝视良久，会散不去。虽为败墙残物，然天然景致非人工所能，细辨之，或能饱一眼之福，解一时之颐，视会场之污而不见，充烦人之音而不闻，置身其中，神游物外。

1997.9.24

常年累月，窗户玻璃藏污纳垢，每逢斜风细雨，更是点点滴滴，疏密错杂，一派迷离。雨过天晴，居家闲坐，视野无边，偶尔凝视窗户，豁然开朗，一幅山水横在面前，赏心悦目，美轮美奂。脏乱若能蕴真趣，懒散亦可享清福。

1997.9.24

大学师兄林君，供职某高校。年轻时曾与友连续搓麻将达两天两夜。至凌晨人去楼空，便移身浴盆。由于疲乏过度，不知不觉已蒙眬入睡。待神浮水面，日已过半。环顾自身，俨然肥胖俱乐部成员，不知己为何许人也。

1997.9.25

我友张明荣君，人精神，字更胜一筹。一日从我处截去已失联应征女信函，巧借东南风，去函勾引。我则隔岸观火。然不出数日，伊人便被其文字所迷。于是鸿雁起舞，翩翩不绝。待火势趋缓，问之何故。曰：人弃我取，借花献佛，何乐不为？目的只有一个，过程可以不同。

1997.9.25

　　某君征婚，得一美女信，文笔娟秀柔美，气质触纸可感，窃喜。不出数日，鸿雁又飞至门口。细辩其详，地址中竟有相同者二，然笔迹不一，内容有二。再察，原是两姐妹不远万里比翼双飞，先后栖息于此。一箭双雕，古今鲜见。可感，可喜。

1997.9.25

　　征婚栏上再度题名，慎查信件来龙去脉，中有二女字迹竟与初次雷同，撕开封口，融为一体。字字悦目，段段感人，真情跃然纸上。二女情真似海，取之不尽，用之不竭。梅开二度，不酒自醉。

1997.9.25

　　内人人小志高，年初入股巧遇牛市，投入二万扬言要净赚三万。遂一路跟踪信息报道，追寻"黑马"。不料风云突变，牛市不牛，股市熊态可掬。内人追寻几匹"黑马"，一夜之间马失前蹄，跌入深潭。套用一句古语：盲人骑瞎马，夜半临深池，早即预料危险之至，果然。

1997.9.25

　　去岁五月，乡亲三人来榕打工，暂居我处。午饭时饭碗无端挣脱我手，扒在桌上，饭粒洒地，一片狼藉。次日晚饭时，饭碗重滔覆辙。年届而立，二日之内竟发生两次蹊跷之事。当晚十时外出，几人乘坐出租车同出办事，路上翻车，他人无碍，唯我独伤手指，如今伤痕常伴。回想当初境遇，疑为神灵附身。

1997.9.26

　　内人性如二月天，演绎着四时变化，十二时辰交替。家有记事簿一本，凡有事交代则记之。她则另作他用，高兴时，落笔后即画玫瑰一朵以飨，愤怒时把我连姓带名兼像画圈打×，随心所欲，泄而后快。

1997.9.26

初学篆刻只因闲，闲里刻章皆为闲章，半路出家，纯属性起，无奈坚持不日即废。剩余产品中有"仙西山人"一枚，权当别号，雅俗共赏。仙西为吾乡仙游西苑，山人者，清闲也。另有"琴心"一枚，优雅古朴，玲珑剔透，为纪念友人所作。

1997.9.26

李耕弟子周秀庭，善国画，人物尤工，名传海内外。曾寄宿我处，晚上听其故事。他说曾于寺庙内画佛陀弟子，忽一阵风吹来，画像沿壁飞旋，久不落地。人追之，皆不着。又一日，画观音像一幅，惟妙惟肖，可传神。时有农人慕之貌美，自语道，若能娶之为妻，此生足矣。话音刚落，腹大痛不已，后跪观音像前赎罪饶恕，乃止。

1997.10.7

内人短小机灵，懒散有加，平日近言情小说，远家庭事务。点子多，计划细。年终将届，硬把我按上"模范丈夫"称号，于单位奖金中拨一小撮作为犒劳。俺受宠若惊，从此，家务亲我。

之外生性畏蚁，见之必杀。大凡借用"围、追、堵、塞"之战略战术。围，垫高门槛，拒之门外；追，眼到手到，一只不漏；堵，截住队伍，扰乱军心；塞，见缝插针，见穴填土。虽如此这般，然蚂蚁却屡见不鲜。

1997.10.8

家庭变奏曲时有演奏，一旦鸣响，废寝无食。一日曲终神劳，于街上一次购买快熟面数十包。人不解，问故，答曰："备战备荒。"

游鼓山，于寺僧处购得玉质观音菩萨一尊。内人喜，系之脖颈，虔诚有加。但凡作恶心虚，恐菩萨见之，遂翻倒过来，口中念念有词，眼不见为净，以求宽恕。

1997.10.8

年关将届，明信片满天飞，偶作七言诗："秋去冬来岁又圆，伸个懒腰就一年，眼前身后无别事，一年到头总是闲。"

1997.12.16

1998年6月16日（农历五月二十二日）9时20分，雨。吾女出生，时雨停。因与妻相识雨中，结婚前三月干旱，当日又是倾盆大雨，诸多大事无不在雨中结缘。又吾妻性情阴晴不定，时暖时寒，家里变奏，曲已成调：雨中情，雨中爱，雨中缘定；亭里哭，亭里笑，亭里人生。挤掉水分即为：雨中情爱雨中缘定，亭里哭笑亭里人生，浓缩成诗句则为：雨中情爱雨中缘，亭里哭笑亭里人，横批：范家闺女，提取精华雨与亭二字，为女命名：雨亭。为女者，名"雨婷"众多也，概男女触目明了，不必加女字旁多此一举。也不为"雨庭"，既为女子，喻其小巧玲珑也。至于"雨停"，俗也。

1998.7.22

60年代，从父处得知，吾乡礼堂倒塌，石匠择一石柱破石砌埕。见石内有穴，穴中有水，水中有虫，虫身蠕动。众人惊诧。此虫不知何虫？年岁几何？以何为生？又是如何安生石内？"乃不知有汉，无论魏晋"，不日，虫死。历经天长地久，那虫安然无恙，而生死只在重见天日刹那间。宛如秦砖汉瓦古玩物，可以历经千年，一旦落地，不堪一击。生命有时就这么脆弱。

1998.7.22

盗版书也有它的可爱处。一日于路边购得中外名著若干，价格如土，一路欢欣。前天得闲读之，文中错别字宛若附在书身上之细菌，密密麻麻，忍不住以笔当刀，各个剖去，蓝色墨水就像

凡尘留梦

蓝色血液，错别字顿成悟空金箍棒下之妖精，呈现本来面目。过后，于扉页处敬告读者：此乃盗版书，小心错别字，睁大眼睛读，不要被它误。

1999.7.22

晓君不日即走加国，今恰逢其生日，回味去时与之相识相知，感慨颇多，即作一顺口溜《祝你生日快乐》以记之。

祝你生日快乐/事顺业兴人和/不日即走他乡/在此捎去祝贺 忆昔相处无多/今想有些难过/感慨命运无常/春天没有恋歌 那只美丽天鹅/早已飞到心窝/只为一个信念/宁愿受之消磨　没有许下承诺/无谓谁对谁错/要是时间倒流/情景又该如何　光阴似箭如梭/遥望月宫嫦娥/回味当时余味/似有一层清波　呵呵呵呵呵呵/多情真应笑我/过去已成历史/何必在此啰嗦

2000.2.26

人到中年，身处老境，心是闲。闲里无所事，举笔作歪诗，诗曰：

准时上班不迟到/一杯淡茶一张报/谈天说地话股市/多数盈利少数套　十点左右广播操/打球下棋兴致高/喊声笑语关不住/娱乐室里气如潮　上午下班回家少/继续活动乐滔滔/下班还有许多事/哪有上班这样好

诗毕，还剩一块边角料，又凑一诗曰：工余休息半小时，打球下棋乐滋滋，从早到晚无所事，闲来偶作打油诗。

2000.11.30

养君子兰二十余年，朝夕相处，爱其风姿，更爱其品位。遂作一长诗《君子兰》：

阳台面向南，东西瘦又长。古朴瓷钵里，花木随意长，或有小草寄，亦当景色赏。蜗居斗寸室，宛在大自然。清风扶绿爽，细雨润花酥，推开门窗户，身心皆舒服。

盆中有株兰，不畏暑与寒，生性本超脱，不怕衰和残。偶有败叶腐，脱落潜入土，不出三五日，又有新叶孵。一俟春醒后，漫出幽幽情，仿佛空谷来，不琴音自清。

今秋亦怀苞，风情不逊梅，欲吐还羞怯，盈盈动人心。旁有芽呈露，神形皆纯朴，诗曲吟不尽，动人母子图。待到娉婷时，门庭若街市，日里任妇迷，夜间令郎痴。

一日一瓢水，无谓浊与清，浊者可健体，清者亦润心。常有尘依附，且当滋养素，只要世间净，蒙垢又何如？花开吐清香，花谢韵不减，花开花谢时，有意无意间。

朝看日西归，夜观星月辉，常在梦中笑，和风细雨催。无意苦争春，也不在乎夏，转眼过了秋，长闲在隆冬。王者非所愿，闲适是所求，立于天地间，为的是自由。

茶后倚栏杆，闲看君子兰，顺应自然律，无处不超然。身上俗气除，胆边恶不沾，意韵可养心，色素助气畅。人生本无常，处世求心安，淡观天下事，物我两茫茫。

2001. 5. 8

小女雨亭三周岁生日，想赠之永久物品，又没恰当之物，后写《沁园春·雨亭》赠之，不费分文，不顾押韵。词曰：

仙西有山，山中有雨，雨中有亭。有雨亭山仙，妙不可言。梦中彩虹，弥漫心间。亭为雨巧，雨为亭笑。山中彩虹分外娇。娇巧处，欲幻名胜迹，路途迢遥。　　鹊桥泉流江清，白茫茫一片皓雪情。雨圆春秋梦，春盈秋亏。蹉跎岁月，亭立人间，玉质琴心，楼台羞怯，烟雨朦胧显精神。望远处，盼雨亭开花，努力成长。

2001. 6. 16

小姨子佳艳，出嫁新加波，夫君今水。圣诞节临近，受内人重托，作一曲《清平乐·祝福》捎去祝贺："狮城冬暖，圣诞节快乐。佳人艳丽如露珠，今生与水同醉。　　托月捎去祝贺，一生平安是福。希望梦里开花，落地即成硕果。"书毕，附带一对联："今生有幸雨得水，佳人相伴美和艳。"

网络世界，趣味无穷。以无味斋主人网名作帖数十篇，诗文并茂，赏者众。有知心者问何为无味斋，答曰："山高有斋客，水清无味人。风花雪月情，有闲便是主。"

论坛上时有对手相互较量，口诛笔伐，斗智斗勇。忽有高人抛出绣球：路遇桃花忘归途。立马回之：心想红杏马加鞭。紧接着：明日明月明。回答：愁秋愁心愁。接着：一重日月明千里。答曰：浅睡女子好目垂。其四：药材好，药才好，无言以对。事后勉强应答：油菜多，油才多。其五：闲者莫对贤者对。悠心不答有心答。诸如此类，不胜枚举，虽知有的不是对方原创，但也觉得有趣有味，时有短路，落荒而逃，盖不如人耶。

一日以"天街小雨"名拿网友"清风吹笛远"做文章。逗之曰：清风吹笛腹内空。回答：小雨扣街皮外凉。答得不错，遇到对手了。接着话锋一转：清风吹笛腹内涨，痛！痛！痛！不吹不响。如此一来，对方逃之夭夭，顿时消失得无影无踪。

曾用"语音的力量，标点的作用"为题拿网友"小雅无尘"开刷。其一曰："小，雅无，尘？唉！"其二："小雅无尘挨？"其三："小雅五成埃。"一个清雅脱俗的名字被剥得面目全非，开心。

曾在网上贴《菩提》一文，网友"拟伐轻舟"欲知菩提含义，作一诗答曰："轻舟河里飘，菩提岸上摇，随风潜入水，踪迹不见了。"

"隐约的耳语"网站里有"温暖淡静、难得笑傲然、幽篁月照、梦之外、浅秋清荷、闲看花落、不拘、钰儿如斯"等帮主，一日心血来潮对之重新组合，顿成"温暖淡静难得笑，傲然梦之外，幽篁月照，浅秋清荷看花落，不拘钰儿如斯闲。"虽有点牵强附会，但也活现一首韵味深长的词。

应"隐约的耳语"之邀，加入其中做十一帮主，仪式为一首"芦花漫远空"——

轻轻的一阵风/把我托向了天空/轻轻的我一招手/搭上了落日的云霞/从此告别喧嚣的世界/倾听众仙隐约的耳语/暮色苍茫/九万里长空任潇洒/一身轻松/云里雾里漫飞舞/闲看花落花开/不拘浅秋清荷/幽篁月照梦之外/天上人间/潇潇雨丝/驾着一把云梯/顺者通天的彩虹/携带一腔饱满的热情/漫向空中美丽的家园

网友帖"过去、现在、未来"，意气奋发，感慨良多，观后以"一年"作答：无意苦争春，也不在乎夏，不知不觉过了秋，长闲在隆冬。

网友浙江帆在网上帖一水墨画，画中水乡泽国，小楼夜雨，极尽悠思。无味斋主人回一帖曰：江南水乡小楼景，原本无心亦无情。何必遁入画中来，教我感怀到如今。

致远释文网友偶过"隐约的耳语"网站，惊讶于"斑竹"中多是美眉。无味斋主人告之：隐约耳语中，斑竹美眉红，致远释文来，归期不能忘。

2002. 9. 1

母校福州校友会欲征集歌词，经深思，凑如下："雷峰塔下西湖边，悠悠往事梦相连。文二路旁下沙上，天堂圣殿屹百年。母校恩师可诗可画，诚毅勤朴滋润心田。浙工商大展翅飞翔，莘莘学子神牵梦萦永不变。我们缘系临江郡，情续闽江边。我们耕波御风，怀揣春天。"后请同事卢浩燕谱曲，雨亭小提琴演奏。

2020. 8. 18

曾作一诗《神游》："闲来暇思落竹林，把着地脉觅山筋，偶有小风掠心过，疑为远方飘逸琴。"诗中有"山筋"二字，自觉可爱，便捞出占为己有，为本人网名之一。筋者，韧也，喜之。另一网名为"仙西山人"，有二层含义，一俗一雅，俗者，即本人出生在仙游县西苑村，地道山里人，简称"仙西山人"。雅者，你懂，不说罢。

2012.1.19

自雨亭报名参加新加坡大学英才入学计划，便夜以继日，马不停蹄地备考。先是学校内卷，决6名，后全省几所名校选30个精英统一参加由新加坡教育部出题的考试，有数学、物理、IQ和英语四门。大浪淘沙后，只剩14名学生进入英语面试，一路过关斩将，最后录取8人。窄路相逢勇者胜，其淘汰惨烈程度绝不逊于高考。面试当晚着急等通知，一家人首选"必胜客"餐厅，度时如年。约21时，雨亭盼到了结果，如愿以偿，家人喜极。心中有梦，天道酬勤，持之以恒，水到渠成。新加坡国立大学慧眼识珠。

2015.6.16

小女拜师学国画三年，颇有成绩，曾获得全国比赛一等奖。家里重新装修，大厅空荡，不挂名师大家书画，只爱小女涂鸦之笔——《宁静致远》（侄孙：致远，侄孙女：宁静）。落笔之后，我根据画面意境用仙西山人之名作一诗："缥缈深山蕴古树，崎岖幽径伴老屋。舟横溪边路羞短，心飘村外堑自途。"由于本人毛笔字无颜见江东父老，只好请老父亲出山帮忙代写，最后盖上家传"山筋"章等，于是，一幅由祖孙四代共同完成的作品便诞生了。窃以为，所谓名画（国画），须画、诗、书、章皆佳，缺一不可。纵观此画，画三流、诗三流、书三流、章三流，共"十二流"，然敝帚尚可自珍，况一糅合四代亲情又略显文化趣味之物乎？自觉欢喜便足矣，私下以为或可作传家之物。

2016.12.25

小女现存国画只有两幅，除了一幅挂在自家客厅外，另一幅被一个远房亲戚收藏，那画名曰《渔村追梦》，同样由我作诗："崎岖古道山人稀，寂静老屋青苔迷。舟行海内十八省，梦追风月九万里。"请父亲大人出手题字。两幅宛如姐妹画，大有相似之处。

2017. 1. 22

雨亭还画了几幅油画，有人物，有风景，择二挂之壁，聊以自赏。中有一幅颇入眼帘，题诗曰：岁月无趣纵花落，人间有善任鸟栖。

2017. 7. 24

朋友外孙女嘟嘟，年六岁，伶牙俐齿，心灵手巧，自理能力强，能自梳辫子，花样百出，惟妙惟肖。一日，我戏谑道："嘟嘟，能否也为叔公梳一条？"她凝望一下我光秃秃的头顶，沉思片刻，歪着脑袋，咧嘴笑道："有难度。"

2022. 5. 8

小女雨亭与女婿青山喜结良缘，送去贺词若干，其一：任风醒雨亭，放眼醉青山；其二：任风徐徐醒雨亭，放眼茫茫醉青山；其三：绿水因为雨，青山必须亭。

2022. 6. 16

"凡尘留梦屋"也，仙西山人乡居。

梦屋村里集资，位于平地高处。站在阳台眺望，远达百十公里。举目峰峦叠嶂，回眸心旷神怡。入眼风光旖旎，晨曦晚霞尤甚。夜间抬头凝望，满天繁星璀璨，小者芝麻绿豆，大者珍珠玉盘，出手几可摘得，只是无处安放。春天雾雨朦胧，仿佛身处仙境，夏有凉风陪伴，汗滴无处寻踪，秋季天高气爽，胜过琼楼玉宇，冬日暖阳晒肚，舒坦拌入仙梦。周末呼朋引类，品茗小酌神侃，动可游山玩水，静则扑克麻将。晚间八九点钟，街道寂静无声，偶有车辆驶过，可惊半帘幽梦。住卧宽敞舒适，一觉睡到天明。或有隔壁鼾声，权当静夜插曲。村民作息时间，跟随日出日落，清早商贩叫卖，不用闹钟催醒。家长里短村事，鸡犬相闻相伴。在此长久蛰居，时间几乎凝固，不知身在何处，不知心系何方。倘若没有欲念，一日可顶三天，要是不看日历，不知猴年马月。神仙如果来此，想必不愿离去，身为人间你我，还有什么可说。转眼即将退休，庆幸一生少忧，志趣爱好平淡，朋友情谊持久。命运早已安排，人生无须强扭，要使身心快活，可以小欲少求。

鄙人范家子弟，连襟陈家之后，内人大姨姓刘，四人集资装修，节日假期偶聚，雅筑"凡尘留梦"。阁楼还搭一间，姑且名为"呆室"。若有闲情三两，呆到地久天长。

2022. 8. 25

周末爬鼓山者众。忽有音乐飘来，优美动听。追音寻主，盖一妙人挎包中出也。遂紧跟其后，始终保持一米间距。亦步亦趋，不即不离，宛若随行友朋。其中乐趣，只有默默感受，不能让人知也。

2022. 9. 8

内人秉承她妈基因，个小胆大，好赌天懒，家里数她阔绰。然炒股却环保，无论自选抑或账户多年大都为绿色，很是养眼，常捡了芝麻丢了西瓜。今年伊始，唯剩芝麻也，遂取绰号"芝麻姐"赠之，她竟欣然接受。她还自诩道，待来年捡到西瓜，立马改名"西瓜妹"。我拭目以待，姑且许之。

2022. 10. 10

闲暇之余，于花鸟市场购得圆形扁平白底花瓶一个，未派用场，搁置房角。前日回老家旧屋，人去楼空，黯然伤神，只见埕上青苔遍布，入眼青绿，心中一喜，遂小心翼翼收铲之。回榕后，铺设瓶中。另安放一镂空玉石，内植微小榕树一株。茶余饭后，仔细揣摩，宛若绿色海洋中之一小岛，岛中有树，唯缺小鸟。刘禹锡《陋室铭》云：苔痕上阶绿，草色入帘青，谈笑有鸿儒，往来无白丁。天造地设，今古一样享受新清自然。吾辈一介平民白丁，不想特意巴结权贵鸿儒，只愿平安健康，悠闲自在，得一生清欢足矣。

2023.4.14